잎이 푸르러 가시던 님이

일러두기

· 이 책은 김유정의 수필과 문답, 편지, 그리고 김유정 사후 그에 대한 평을 묶었다.

· 수록 작품들의 배열순서는 신문과 잡지 등에 게재한 연월일을 기준으로 삼았다.

· 본문 중 강조 및 구별해야 할 것은 홑따옴표(' ')를, 대화 또는 인용은 겹따옴표
("")를 사용했으며, 중·단편소설의 제목은 홑꺾쇠(〈 〉)를, 장편소설과 도서 및 정
기간행물은 겹꺾쇠(《 》)를 사용했다.

· 본문은 가능한 한 원문 그대로 실었으나, 일부 용어의 경우 원문을 존중하되 독자
의 이해를 돕기 위해 현대 한글 표기법에 따랐다.

잎이
푸르러
가시던
님이

김유정이 말하고 김유정을 말하다

김유정
지음

조일동 엮음

잎이 푸르러
가시던 님이

1쇄 발행 2024년 4월 29일

지은이 김유정
엮은이 조일동
펴낸곳 드레북스
펴낸이 조일동

출판등록 제2023-000148호
주소 경기도 파주시 탄현면 헤이리마을길 93-144, 2층 1호
전화 031-944-0554
팩스 031-944-0552
이메일 drebooks@naver.com

인쇄 프린탑
배본 최강물류

ISBN 979-11-93946-04-6 03810

인격적으로 점잖은 무게 '드레'
드레북스는 가치를 존중하고 책의 품격을 생각합니다

너무 일찍 저문 작가

1930년대 한국 문학을 대표하는 작가 중 한 명이자 한국 현대 단편 문학의 선구자로 꼽히는 김유정. 1933년 〈산골나그네〉와 1935년 〈소낙비〉로 등단하며 소설가로 이름을 알리기 시작한 후 그는 폐결핵에 시달리면서도 2년이라는 짧은 기간에 30여 편에 이르는 단편소설을 발표했으며, 작품 안에 가난하고 무력한 인간에 대한 애정을 담았다.

그의 작품들 중 대부분은 농촌을 배경으로 향토성이 돋보이며 등장인물들은 순박하고 우직하다. 산골 마을을 중심으로 점순이의 키만 크면 성례시켜준다는 교활한 장인에게 속아 사는 〈봄봄〉의 주인공, 다 자란 콩 포기를 뽑아내고 금을 캐내려는 〈금 따는 콩밭〉의 주인공 등을 비롯해 한결같이 순박하면서도 우직하다. 아울러 생생한 방언, 문어가 아닌 구어, 구연체라고 불러야 할 만큼 씹히는 언어는 압권이다.

주로 산골 농촌을 무대로 다루고 순박하고 우직한 이들의 어처구니없는 전개에 웃음을 유발하지만, 그 안에는 그들의 궁핍한 삶과 그럼에도 불구하고 마르지 않는 생의 의지가 깔려 있다. 늘 배고파하다가 생일날 집에서 과식해 병에 걸리고(〈떡〉), 노름 밑천 때문에 아내를 매춘으로 내몰고(〈소낙비〉), 빚을 이기지 못해 유랑민이 되며(〈만무방〉), 가난을 해결하기 위해 들병이로 나서는 부부(〈아내〉)에서 보듯 비극적인 현실이지만, 그럼에도 삶의 중압감과 고통으로부터 벗어나고자 하는 열망을 읽을 수 있다.

가난, 폐결핵, 그리고 글

김유정의 집안은 천석지기의 지주였고 서울에도 백여 칸 되는 집을 가지고 있을 정도로 부유했다. 하지만 일곱 살 때 어머니를, 아홉 살 때 아버지를 여읜 뒤 집안을 관리하던 큰형의 방탕한 생활로 가세가 기울기 시작했다. 더구나 어릴 때부터 허약 체질로 질병이 많았던 그는 고등학교 때부터 치질을 앓고 이후 늑막염과 폐결핵이 연속적으로 발병해 죽을 때까지 고생했으며, 이 때문에 생긴 대인기피증과 우울증은 그를 인간의 한계와 비극성으로 치우치게 했다.

또한 고향에서 시골 들병이들과의 어지러운 생활은 〈솥〉·〈총각과 맹꽁이〉·〈산골 나그네〉·〈아내〉로 읽을 수 있으며, 금광에 손댔다가 실패한 경험은 〈금〉·〈금 따는 콩밭〉 등에서 고스란히 드러난다.

그는 2년이라는 짧은 기간에 30여 편의 소설 외에 12편의 수필을 세상에 내놓았다. 수필 작품은 소설에 비하면 적은 편이며 소설에 가려 제대로 조명받지 못했다. 하지만 적은 양이지만 수필이라는 특성상 날것 그대로의 육성을 들여다볼 수 있다는 점, 생전 그의 생활과 고민을 읽을 수 있다는 점에서 가치 있는 자료다.

날것으로 만나는 김유정

나의 고향은 저 강원도 산골이다. 춘천읍에서 한 20리가량 산을 끼고 꼬불꼬불 돌아 들어가면 내닫는 조그마한 마을이다. 앞뒤 좌우에 굵직굵직한 산들이 빽 둘러섰고 그 속에 묻힌 아늑한 마을이다.

그 산에 묻힌 모양이 마치 옴팍한 떡시루 같다 해서 동명(同名)을 '실레'라 부른다. …… 주위가 이렇게 시적이니만치 그들의 생활도 어디인가 시적이다. 어수룩하고 꾸물꾸물 일만 하는 그들을 대하면 딴 세상 사람을 보는 듯하다.

－〈오월의 산골짜기〉 중에서

그는 춘천 실레마을에서 몇 대에 걸쳐 터를 잡고 살아온 집안 출신으로, 실레마을은 어려서 부모를 여읜 곳이자 연희전문을 중퇴하고 낙향해 금병의숙을 설립하고 농촌계몽활동을 펼친 곳이기도 하다. 향토색 짙은 소설들의 주된 배경 역시 이곳이다. 그리고 이곳에서 들병이들과 어울린다.

밥! 밥! 이렇게 부르짖고 보면 대뜸 신성하지 못한 아귀를 연상하게 된다. 밥을 먹는다는 것이 딴은 그리 신성하지는 못한가 보다. 마치 이 사회에서 구명도생(救命圖生)하는 호구(糊口)가 그리 신성하지 못한 것과 같이 거기에는 몰자각적 굴종이 필요하다. 파렴치적 허세가 필요하다. 그리고 매춘부적 애교, 아첨도 필요할는지 모른다. 그렇지 않고야 어디 제가 감히 사회적 지위를 농단하고 생활해나갈 도리가 있겠는가. 그러나 이것은 그런 모든 가면 허식을 벗어난 각성적 행동이다. 아내를 내놓고 그리고 먹는 것이다. 애교를 판다는 것도 근자에 이르러서는 완전히 노동화했다. 노동해서 생활하는 여기에는 아무도 이의가 없을 것이다. 이것이 즉 들병이다.

— 〈조선의 집시〉 중에서

고향은 부모, 특히 어머니에 대한 그리움이 남아 있는 곳이다. 그는 생전에 자신이 말하는 '그리움'은 모두 어머니에 대한 환상이었다고 고백할 정도였다. 어머니에 대한 집요한 그리움, 연이은 아버지의 죽음과 가세의 급속한 쇠락은 어린 그를 자신만의 내성적인 세계로 빠져들게 했고, 소설 속에서 살던 땅에서 쫓겨나는 등장인물들처럼 '고향'을 잃은 후 폐결핵에 시달리며 깊은 우울에서 헤어나지 못한다.

나는 숙명적으로 사람을 싫어합니다. 다시 말하면 사람을 두려워한다는 것이 좀 더 적절할는지 모릅니다. 늘 주위의 인물을 경계하는 버릇이 있습니다. 그 버릇이 결국에는 말 없는 우울을 낳습니다.

— 〈어떤 부인을 맞이할까〉 중에서

죽기 열흘 전쯤에 친구 안회남에게 보낸 편지를 보면 지독한 가난과 평생을 괴롭힌 병마에 얼마나 지쳤는지 짐작할 수 있다.

나는 날로 몸이 꺼진다. 이제는 자리에서 일어나기조차 자유롭지가 못하다. 밤에는 불안증으로 괴로운 시간을 원망하고 누워 있다. 그리고 맹열(猛熱)이다. 아무리 생각해도 딱한 일이다. 이러다가는 안 되겠다. 달리 도리를 차리지 않으면 이 몸을 다시 일으키기 어렵겠다. …… 나는 참말로 일어나고 싶다. 지금 나는 병마와 최후 담판이다. 흥패(興敗)가 이 고비에 달려 있음을 내가 잘 안다. 내게는 돈이 시급히 필요하다. 그 돈이 없는 것이다.

— 〈안회남에게 보내는 편지〉 중에서

소설에 가려 제 빛을 발하지 못했지만, 김유정의 수필은 소설만큼이나 주목해야 하고 새롭게 살펴보기에 충분한 자료다. 이에 《잎이 푸르러 가시던 님이》는 김유정이 지면에 발표한 수필들을 신문 및 잡지 게재순으로 정리하고, 문답과 편지를 모았으며, 그가 죽은 후 그를 기리는 작가들의 글을 함께 실었다. 이를 통해 김유정의 작품 세계를 재조명하는 한편, 소설에서 미처 보지 못한 그의 궤적과 고뇌를 들여다볼 수 있기를 기대한다.

CONTENTS

들어가는 글

잎이 푸르러
가시던 님이

잎이 푸르러
가시던 님이

잎이 푸르러 가시던 님이
백석이 흩날려도 아니 오시네

이것은 강원도 농군들이 흔히 부르는 노래의 하나입니다. 그리고 산골이 지닌바 여러 자랑 중의 하나라고도 볼 수 있습니다. 화창한 봄을 맞아 싱숭하는 그 심사야 예나 이제나 다를 리 있으리까마는 그 매력에 감수(感受)되는 품이 좀 다릅니다.

일전에 한 벗이 말씀하되 나는 시골이, 한산한 시골이 그립다 합니다. 그는 본래 시인이요 병마에 시달리는 몸이라 소란한 도시 생활에 물릴 것도 당연한 일입니다. 허나 내가 생각건대 아마 악착스러운 이 자파(娑婆, 세상)에서 조금이나마 해탈

하고자 하는 것이 그의 본의일 듯싶습니다. 그때 나는 그러나 더러워서요, 아니꼬워 살지 못하십니다, 하고 의미 몽롱한 대화를 했습니다. 그리고 너무 결백한, 너무 도사류인 그의 성격에 나는 존경과 아울러 하품을 아니 느낄 수가 없었습니다.

시골이란 그리 아름답고 고요한 곳이 아닙니다. 서울 사람이 시골을 동경해 산이 있고 내가 있고 쌀이 열리는 풀이 있고, 이렇게 단조로운 몽상으로 애상적 시흥에 잠길 그때 저쪽 촌뜨기는 쌀 있고 옷 있고 돈이 물밀 듯 질퍽거릴 법한 서울에 오고 싶어 몸살을 합니다.

퇴폐한 시골, 굶주린 농민, 이것은 자타 없이 주지하는 바라 이제 새삼스레 뇌일 것도 아닙니다마는 우리가 아는 것은 쌀을 먹지 못하는 시골이요 밥을 먹지 못하는 시골이 아닙니다. 굶주린 창자의 야릇한 기미는 도시 모릅니다. 만약에 우리가 본능적으로 주림을 인식했다면 곧바로 아름다운 시골, 고요한 시골이라 하지 않습니다.

시골의 생활감을 절실히 알려면 그래도 봄입니다. 한겨울 동안 흙방에서 복대기던 울분, 내일을 우려하는 그 췌조(悴懆, 초췌한 모습), 그리고 터무니없는 야심, 이 모든 불온한 감정이

엄동에 지질려서 압축되었다가 봄과 맞닥뜨려 몸이라도 나른히 녹고 보면 단박에 폭발하고 마는 것입니다.

남자란 워낙 뚝기가 좀 있어서 위험이 덜 합니다. 그것은 대체로 부녀 더욱이 파랗게 젊은 새댁에게 있어서 그 예가 심합니다. 그들은 봄에 더 들떠서 방종하는 감정을 자제하지 못하고 그대로 열에 띄웁니다. 물에 빠집니다. 행실을 버립니다. 나물 캐러 간다고 요리조리 핑계 대고는 바구니를 끼고 한번 나서면 다시 돌아올 줄은 모르고 춘풍에 살랑살랑 곧장 가는 이도 한둘이 아닙니다. 그러나 붙들리면 반쯤 죽어날 줄을 그리고 모르는 바도 아니련만…….

또 하나 노래가 있습니다.

잘살고 못살긴 내 분복이요
하이칼라 서방님만 얻어주게유

이것도 물론 산골이 가진바 자랑의 하나입니다. 여기에 하이칼라 서방님이란 머리에 기름 바르고 향기 피우는 매끈한 서방님이 아닙니다. 돈 있고 쌀 있고 또 집 있고 이렇게 푼푼하고 유복한 서울 서방님 말입니다. 언뜻 생각할 때 에이 더러운 계집들! 에이 우스운 것들! 하고 혹 침을 뱉으실 분이 있을지는 모르나 그것은 좀 덜 생각한 것입니다. 임도 좋지만 밥도 중합니다. 농부의 계집으로서 한평생 지지리 지지리 굶다 마느니 서울 서방님 곁에 앉아 밥 먹고 옷 입고 그리고 잘 살아보자는 그 이상 가질 바 못 되는 것도 아닙니다. 임 있고 밥 있고 이러한 곳이라야 행복이 깃듭니다.

내가 시골에 있을 때 나에게 봄을 제일 먼저 전해주는 것은 무엇보다도 술상의 달래입니다. 나는 고놈을 매우 즐깁니다. 안주로 한 알을 입에 물고 물고 꼭꼭 씹어보자면 매끈매끈한 그리고 알싸한 그 맛, 이크 봄이로군! 이렇게 직감으로 나는 철을 알게 됩니다. 뿐만 아니라 봄에 몸달은 큰애기, 새댁들의 남다른 고뇌를 연상하게 됩니다. 나물을 뜯으러 갑네 하는 틈틈이 빠져나와 심산유곡 그윽한 숲속에들 몰려 앉아서 넌지시 감춰 두었던 곰방대를 서로 빨아가며 슬픈 사정을 주고받는 그들은 차마 하지 못하고 이럴까 저럴까 망설이는 울적한 그 심사를 연상하게 됩니다. 그리고 그 노래를…….

잎이 푸르러 가시던 님
백설이 흩날려도 아니 오시네

그러다 술이 좀 취하면 몇 해 후에는 농촌의 계집이 씨가 마릅니다. 그때는 알총각들만 남을 터이니 이를 어쩌나! 제멋대로 이렇게 단정하고 부질없이 근심까지도 하는 버릇이 있습니다.

-《조선일보》, 1935년 3월 6일

조선의 집시 _ 들병이 철학

아내를 구경거리로 개방할 의사가 있는가, 혹은 그만한 용기가 있는가, 나는 이렇게 가끔 묻고 싶은 충동을 느낀다. 물론 사교계에 용납한다는 의미는 아니다. 아내의 출세와 행복을 바라지 않는 자가 누구랴.

그러나 내가 하는 말은 자기 아내를 대중의 구경거리로 던질 수 있는가, 그것이다. 그야 일부러 물자를 들여가며 이혼을 소송하는 부부도 없지는 않다마는 극진히 애지중지하는 자기 아내를 대중에게 봉사하겠는가 말이다.

밥! 밥! 이렇게 부르짖고 보면 대뜸 신성하지 못한 아귀를 연상하게 된다. 밥을 먹는다는 것이 딴은 그리 신성하지는 못한가 보다. 마치 이 사회에서 구명도생(救命圖生, 근근이 목숨만 이어감)하는 호구(糊口, 겨우 입에 풀칠을 함)가 그리 신성하지 못한 것과 같이 거기에는 몰자각적 굴종이 필요하다. 파렴치적 허세가 필요하다. 그리고 매춘부적 애교, 아첨도 필요할는지 모른다. 그렇지 않고야 어디 제가 감히 사회적 지위를 농단하고 생활해나갈 도리가 있겠는가. 그러나 이것은 그런 모든 가면 허식을 벗어난 각성적 행동이다. 아내를 내놓고 그리고 먹는 것이다. 애교를 판다는 것도 근자에 이르러서는 완전히 노동화했다. 노동해서 생활하는 여기에는 아무도 이의가 없을 것이다. 이것이 즉 들병이다.

그들도 처음에는 다 나쁘지 않게 성한 오장육부가 있었다. 그리고 남만 못하지 않게 깔끔한 희망으로 땅을 파던 농군이었다. 농사라는 것이 언뜻 생각하면 한가로운 신선 노릇도 같다마는 실상은 그런 고역이 다시없을 것이다. 땡볕에 논을 맨다. 김을 맨다. 혹은 비 한 방울에 갈급히(속이 마를 지경으로 몹시 바람) 나서 눈 감고 꿈에까지 천기를 엿본다. 그러나 이렇게 해서라도 농작물만 잘 되고 추수 때 소득만 여의하다면야 문제 있으랴.

가을은 농촌의 유일한 명절이다. 그와 동시에 여러 위협과 굴욕을 겪고 나는 한 역경이다. 말하자면 그들은 지주와 빚쟁이에게 수확물로 주고 다시 한겨울을 염려하기 위해 한 해 동안 땀을 흘렸는지도 모른다.

여기에서 한 번 분발한 것이 즉 들병이 생활이다. 들병이가 되면 밥은 식성대로 먹을 수 있다는 것과 또는 그 준비에 돈 한 푼 들지 않는다는 이것에 그들은 매혹된다. 아내의 얼굴이 수색(秀色)이면 더욱 좋다. 그렇지 않더라도 농촌에서 항용 유행하는 가요나 몇 마디 반반히 가르치면 된다.

남편은 아내를 데리고 앉아서 소리를 가르친다. 낮에는 물론 벌어야 먹으니까 그럴 여가가 없고 밤에 들어와서 아내를 가르친다. 재주 없으면 몇 달도 걸리고 총명하다면 한 달포 만에 끝이 난다. 아리랑으로부터 양산도·방아타령·신고산 타령에 배따라기. 그러나 게다가 "이 풍진 세상을 만났으니 나의 희망"쯤 부르면 더욱 시세가 좋을 것이다.

이러면 그때는 남편이 데리고 나가서 먹으면 된다. 그들이 소리를 가르친다는 것은 예술가적 명창이 아니었다. 개 끄는 소리라도 먹을 수 있을 만큼 세련되면 그만이다. 아내의 등에 자식을 업혀가지고 이렇게 남편이 데리고 나간다. 산을 넘어도 좋고 강을 몇씩 건너도 좋다. 밥 있는 곳이면 산골이고 버덩(좀 높고 평평하며 나무는 없이 풀만 우거진 거친 들)을 불구하고 발길 닿는 대로 표랑하는 것이다. 이것을 다른 데 예를 잡으면 애 급('이집트'의 음역어)의 집시(유랑민)적 존재다.

한창 낙엽이 질 때면 추수는 대개 끝이 난다. 그리고 궁하던 농촌에도 방방곡곡 두둑한 볏섬이 널려 놓인다. 들병이는 이때로부터 백열적(白熱的) 활약을 시작한다. 마치 그것은 볏섬을 습격하는 참새들의 행동과 동일시해도 좋다. 다만 한 가지 차이라면 참새는 당장의 충복(充腹)이 목적이로되 그들은 포식 이외에 그다음에 여름의 생활까지 지탱해나갈 연명 자료가 필요하다. 왜냐면 농가의 봄여름이란 가장 궁할 때요 따라서 들병이들의 큰 공황기다. 이리하여 가을에 그들은 결사적으로 영업을 개시한다. 영업이라야 적수공권(赤手空拳, 맨손과 맨주먹이라는 뜻으로, 가진 것이 아무것도 없음)으로 유랑하며 아무 술집에고 유숙하면 그뿐이지만…….

촌의 술집에서는 어디고 들병이를 환영한다. 아무개 집에 들병이 들었다 하면 그날 밤으로 젊은 축들은 몰려든다. 소리 조금만 먼저 해보라는 놈, 통성명만으로 내일 밤의 밀회를 약속하는 놈, 혹은 데리고 철야하는 놈. 하여튼 음산하던 술집이 이렇게 단박 활기를 띤다.

술집 주인으로 보면 두 가지의 이득을 보는 것이다. 들병이에게 술을 팔고 밥을 팔고…….

그리고 술을 팔고 보수를 바라는 것이 아니라 주막 주인에게 막걸리를 됫술로 사면 팔 때는 잔술로 환산한다. 막걸리 한 되의 원가가 가령 17전이라면 그것을 20여 전에 맡는다. 그리고 손님에게 잔으로 풀어 열 잔이 났다 치고 50전 다시 말하면 탁주 1승의 순이익이 30전이라 할 것이다. 그러나 한 잔에 반드시 5전씩만 받겠다는 선언은 없다. 10전도 좋고, 20전도 좋다. 주객의 처분대로 이쪽에서는 받기만 하면 된다. 그럴 리야 없겠지만 한 잔에 1원씩을 설사 쳐준다 해도 절대 마다하지 않는다. 다만 그 대신 객의 소청이면 무엇을 물론하고 응낙할 만한 호의만 가질 것이다.

들병이는 무엇보다도 들병이로서의 수완이 있어야 된다. 술 팔고 안주로 아리랑타령만 하면 되는 것이 아니다. 아리랑쯤이면 농군들은 물릴 만큼 들었고 또 하기도 선수다. 그 아리랑을 들으러 30, 40전의 큰돈을 낭비하는 농군이 아니다. 술 몇 잔 사 먹으면 으레 딴 안주까지 강요하는 것이다. 또 그것이 여러 번 거듭하는 동안에 이에 한 개의 완전한 권리로서 행사하게 된다. 만약 들병이가 여기에 순응하지 않는다면 그것은 큰 실례다. 안주를 덜 받은 데 그들은 단박 분개해 대들지도 모른다. 혹은 지불했던 술값을 도로 내라고 협박하는지도 모른다.

이런 소박한 농군들을 상대로 생활하는 들병이라 그 수단도 서울의 작부들과는 색채를 달리한다. 말하자면 작부들의 애교는 임시변통으로도 족하나 그러나 들병이는 끈끈한 사랑 즉 사랑의 지속성을 요한다. 왜냐면 밤마다 늘 오는 놈들이 거의 동시에 몰려들기 때문에 일정한 추파를 보류하지 않으면 당장에 권비백산(拳飛魄散, 주먹질이 나오고 정신이 혼란스러워짐)의 수라장이 되기가 쉽다.

들병이가 되려면 이런 화근을 없애도록 첫째 눈치가 빨라야 할 것이다. 그러나 그렇다고 현금으로 청구해서는 또한 실례가 되는지도 모른다. 보통 외상이므로 떠날 때쯤 해야 집으로 찾아다니며 쌀이고 벼고, 콩·팥·조, 이런 곡식을 되는대로 수합함이 옳을 것이다. 그리고 두 내외가 짊어지고 그다음 마을로 찾아간다.

들병이를 객관적으로 평가해서 빈궁한 농민들을 잠식하는 한 독충이라 할는지도 모른다. 사실 들병이와 관련되어 발생하는 춘사(椿事, 뜻밖에 일어나는 불행한 일)가 비일비재다. 풍기문란은 고사하고 유혹·사기·도난·폭행……. 주재소에서 보는 대로 축출을 명령하는 그 이유도 여기에 있을 것이다. 그러나 이것은 일면만 관찰한 편견에 지나지 않는다. 들병이에게는 그 해독을 보상하고도 남을 큰 기능이 있을 것이다.

시골의 총각들이 취처를 한다는 것은 실로 용이한 일이 아니다. 결혼 당일의 비용은 말고 우선 선채금(전에 진 빚의 액수)을 조달하기가 어렵다. 적어도 40, 50원의 현금이 아니면 매혼 시장에 출마할 자격부터 없는 것이다. 이에 늙은 총각은 3, 4년간 머슴살이 고역을 부득이 감내한다. 그리고 한편 그들이 후일의 가정을 가질 만한 부양 능력이 있느냐 하면 그것도 한 의문이다. 현재 처자와 동락하는 자도 졸지에 이별 되는 경우가 없지 않다. 모든 사정은 이렇게 그들로 하여금 독신자의 생활을 강요하고 따라서 정열의 포만 상태를 초래한다. 이것을 주기적으로 조절하는 완화 작용을 즉 들병이의 역할이라 하겠다.

들병이가 동리에 들었다는 소문만 나면 그들은 시각으로 몰려들어 인사를 청한다. 기실 인사가 목적이 아니라 우선 안면만 익혀 두자는 심산이다.

들병이의 용모가 출중나다든가, 혹은 그 성악(聲樂, 노래 실력)이 탁월하다든가 하는 것은 그리 문제가 되지 못한다. 유두분면(油頭粉面, 기름 바른 머리와 분 바른 얼굴이라는 뜻으로, 여자가 화장함)에 비녀 쪽 하나만 달리면 이런 경우에는 그대로 통과한다. 연래의 숙원을 성취시키기 위해 그 호기를 감축할 뿐이다.

들병이가 들면 그날 밤부터 동리의 청년들은 떼난봉이 난다. 그렇다고 무모히 산재(散財, 재산을 이리저리 써서 없애버림)를 한다든가 탈선은 아니 한다. 아무쪼록 염가로 향락하도록 강구하고 노는 것이 버릇이다. 여섯이고 몇이고 작당하고 추렴을 모아 술을 먹는다. 한 사람이 50전씩을 낸다면 도합 3원을 가지고 제각기 3원어치 권세를 표방하며 거기에 부수되는 염태(艶態)를 요구한다. 만약 들병이가 이 가치를 무시한다든가, 혹은 공평하지 못한 애욕 낭비가 있다든가 하는 때는 단박 분란이 일어난다. 다 같이 돈은 냈는데 어째서 나만 빼놓느냐, 하고 시비조로 덤비면 큰 두통거리일 뿐 아니라 돈 받지 못하고 따귀만 털리는 봉변도 없지 않다. 하니까 들병이는 이 여섯 친구를 동시에 무마해 3원어치 대접을 무사공평하게 하는 것이 한 비결일지도 모른다.

이렇게 결산하면 내긴 50전을 냈으되 그 효용가치는 무려 18원에 달하는 셈이다. 이런 좋은 기회를 바라고 농군들은 들병이의 심방(尋訪, 찾아가서 만나 봄)을 적이 고대하는 것이다.

그러나 들병이로 보면 빈농들만 상대로 하고 있는 것도 아니다. 때로는 지주댁 사랑에서 청할 적도 있다. 그러면 들병이는 항아리나 병에 술을 넣어 가지고 찾아간다. 들병이가 큰 돈을 잡는 것은 역시 이런 부잣집 사랑이다. 그리고 들병이라는 명칭도 이런 영업 수단에서 추상된 형용사일지도 모른다.

일반 농촌 부녀들이 들병이를 미망(美望)과 시기로 바라보는 까닭도 여기에 있다. 자기네는 먹지도 잘하지 못하거니와 의복 하나 변변히 얻어 입지 못한다. 양반댁 사랑에 기탄없이(꺼림직함 없이) 출입하며 먹고 입고 또는 며칠 밤 유숙하다 나오면 지전 한 장을 만져보니 얼마나 행복이랴! 들병이가 들면 남자뿐 아니라 아낙네까지 수군거리며 마음에 묘한 분위기가 떠돈다.

들병이를 처음 만나면 우선 남편이 있느냐고 묻는 것이 술꾼의 상투적 인사다. 그러면 그 대답은 대개 전일에는 금실이 좋았으나 생활난으로 말미암아 이혼했다 한다. 들병이는 남편이 없다는 이것이 유일한 자본이다. 부부생활이 얼마나 무미건조했던가를 누누이 해설함으로써 술꾼을 매혹하게 한다. 그러나 들병이에게는 언제나 남편이 수행하고 있는 것이다. 아내가 술을 팔고 있으면 남편은 그 근처에서 배회하고 있다.

들병이의 남편이라면 흔히 도박자요 불량하기로 정평이 났다. 그들은 아내의 밥을 무위도식하며 일종의 우월권을 주장한다. 아내가 돈을 벌어놓으면 가끔 달려들어 압수한다. 그리고 그것으로 투전을 한다. 술을 먹는다. 이렇게 명색 없이 소비되고 만다.

그러나 아내는 이에 불평을 품거나 남편을 힐책하지 않는다. 이러는 것이 남편의 권리요, 또는 아내의 의무로 안다. 하기야 노름에 일확천금하면 남편뿐이 아니라 아내도 호사로운 생활을 가질 수 있다. 잡담 제하고 노름 밑천이나 대주는 것도 흔히 있는 일일지도 모른다.

들병이로 나서면 주객 대접도 힘들거니와 첫째 남편 공양이 더 난사(難事)다. 밥만 먹일 뿐 아니라 옷 뒤도 거둬야 된다. 술 팔기에 밤도 새우지만 낮에는 빨래를 하고 옷을 꿰매고 그래야 입을 것이다. 게다가 젖먹이나 달리면 강보도 늘 빨아야 하는 것을 잊어서는 안 된다.

그러나 그것만도 좋다. 엄동설한에 태중(胎中)으로 나섰다가 산기가 있을 때는 좀 곡경(曲境, 몹시 괴롭고 어려운 처지)이다. 술을 팔다 말고 술상 앞에서 해산하는 수밖에 별 도리 없다. 물론 아무 준비가 있을 까닭이 없다. 까칠한 공석 위에서 덜덜 떨고만 있을 뿐이다. 들병이 수업 중 그중 어렵다면 이것이겠다. 이런 때면 남편은 비로소 아내에게 밥값을 보답한다. 희색이 만면해서 방에 불을 지피고 밥을 짓고 국을 끓이고 지성으로 보호한다. 남편은 이 아이가 자기의 자식이라고 믿지 않는다. 다만 자기 소유에 속하는 자식이라는 그 점에 만족할 뿐이다.

상식으로 보면 이런 아이가 제대로 명을 부지할 것 같지 않다마는 들병이의 자식인만큼 무병(無病)하고 죽음과 인연이 먼 아이는 다시없을 것이다. 한 7일만 겨우 지나면 눈보라에 떨쳐 업고 방랑의 길로 나선다.

들병이가 유아를 데리고 다니는 것은 기이한 현상이 아니다. 대개 하나씩은 그 품에 붙어 다닌다. 고생스런 노동에도 불구하고 자식만은 극진히 보육하는 것이다. 그러나 누가 그들을 동정해 아이를 데리고 다니기가 곤란일 테니 길러주마 한다면 그들은 노할지도 모른다. 이것은 고생이 아니라 생활 취미이기 때문이다.

그러다가도 춘궁 때가 돌아오면 들병이는 매우 한가롭다. 그들은 고향으로 돌아가 옛집에 칩거한다. 품을 팔아먹어도 좋고 땅을 파도 좋다. 하여튼 다시 농민 생활로 귀화하는 것이다. 그리고 그다음 가을을 기다린다.

들병이는 어디로 판단하든 물론 정당한 노동자다. 그러나 때로는 불법행위가 없는 것도 아니니 그런 때도 우리는 증오감을 갖기보다는 일종의 애교를 느끼게 된다. 왜냐면 그 법식이 너무 단순하고 솔직하고 무기교라 해학미가 다르기 때문이다. 예를 들면 남편이 간혹 야심해서 아내의 처소를 습격하는 경우가 있다. 이때는 방에 들어가 등잔의 불을 들여놓고 한구석에 묵묵히 앉는다. 강박하거나 공갈은 하지 않는다. 들병이니까 그럴 염의(廉意, 염치와 의리)는 하기야, 없기도 하거니와 얼마 후에야 남편은 겨우 뒤통수를 긁으며

"머릴 깎아야 할 텐데……."

이렇게 이발료가 없음을 장탄하리라.

그러면 이것이 들병이의 남편임을 비몽사몽간 깨닫게 된다. 실상은 죄가 되지 못하나 순박한 농군이라 남편이라는 위력에 압도되어 대경실색하는 것이 항례다. 그러나 놀랄 것은 없고 몇십 전 희사하면 그뿐이다. 만일 현금이 없을 때는 내일 아침 집으로 오라 해도 좋다. 그러면 남편은 무언(無言)으로 아무 주저도 없으리라. 여기에 들병이 남편으로서의 독특한 예의가 있는 것이다. 절대로 현장을 교란하거나 가해하는 행동은 하지 않는다.

들병이에게 유혹되어 절도를 벌하는 일이 흔히 있다. 10원의 생활비만 변통하면 너와 영구히 동거하겠다는 감언이설에 대개 혹하는 것이다. 그들은 들병이를 도락적 대상으로서가 아니라 아내로서의 애정을 요망한다. 늙은 홀아비가 묘령 들병이를 연모해 남의 송아지를 끄어냈다든가 머슴이 주인의 벼를 퍼냈다든가, 이런 범행이 빈번하다.

들병이가 내방하면 그들 사이에는 암암리의 경쟁이 시작된다. 서로 들병이를 독점하기 위해 갖은 방법으로 그 환심을 매수한다. 데리고 가서 국수를 먹이고, 닭을 먹이고, 혹은 감자도 구워다 선사한다. 그러나 좀 현명하면 약간의 막걸리로 그 남편을 수의(隨意, 자기 마음대로 함)로 이용해도 좋을 것이다.

들병이가 되려면 이런 자분(自分, 스스로 헤아리거나 앎)의 권세를 민감으로 파악해야 할 것이다. 소리는 졸렬할지라도 이 수단만 능숙하다면 호구는 무난일 것이다. 그리고 남편은 배후에서 아내를 물론 지휘 조종하며 간접적으로 주객을 농락해야 된다. 아내는 근육으로, 남편은 지혜로, 이렇게 공동전선을 치고 생존경쟁에 처한다.

들병이는 술값으로 곡물도 받는다고 전술했다. 그러나 사실은 곡물뿐만 아니라 간혹 가장집물에까지 이를 경우도 없지 않다. 식기, 침구, 의복류, 생활상 필수품이면 구태여 흑백을 가리지 않는다.

들병이에게 철저히 열광되면 그들 부부 틈에 끼어 같이 표박하는 친구도 있다. 이별은 아깝고, 동거는 어렵고, 그런 이유로 결국 한 예찬자로서 추종하는 고행이다. 이런 때는 들병이의 남편도 이 연애지상주의자의 정성을 박대하지는 않는다. 의좋게 동행해서 심복같이 잔심부름이나 시켜 먹는다. 이렇게 되면 누가 본남편인지 분간하기 어렵고 자칫 종말에 주객이 전도되는 상외(想外)의 사건도 없는 것이 아니다.

－《매일신보》, 1935년 10월 22~29일

나와 귀뚜라미

폐결핵에는 삼복더위가 끝없이 얄궂다. 산의 녹음도 좋고
시원한 해변이 그립지 않은 것도 아니다. 착박(窄迫, 답답할 정도
로 매우 좁음)한 방구석에서 빈대에 뜯기고 땀을 쏟고 이렇게 하
는 피서는 그리 은혜로운 생활이 되지 못한다.

야심해 홀로 일어나 한참 쿨룩거릴 때면 안집은 물론 하나
격한 옆집에서 꿍 하고 돌아눕는 인기척을 나는 가끔 들을 수
있다. 이 몸이기에 이 지경이라면 차라리 하고 때로는 딱한
생각도 해본다. 그러나 살고도 싶지 않지만 또한 죽고도 싶지
않은 그것이 즉 나의 오늘이다. 무조건 하고 철이 바뀌기만,
가을이 되기만 기다린다.

가을이 오면 밝은 낮보다 캄캄한 명상의 밤이 귀엽다. 귀뚜
라미 노래를 읊을 때 창 밖의 낙엽은 온온해지고 그 밤은 나
에게 극히 엄숙하고 극히 고적한 순간을 가져온다. 신묘한 이

음률을 나는 잘 안다. 낯익은 처녀와 같이 들을 수 있다면 이 것이 분명히 행복임을 나는 잘 알고 있다. 그러나 분수에 넘는 허영이려니 이번 가을에는 귀뚜라미가 부르는 노래나 홀로 근청(謹聽. 삼가 들음)하며 나는 건강한 밤을 맞아보리라.

– 《조광》, 1935년 11월

오월의 산골짜기

나의 고향은 저 강원도 산골이다. 춘천읍에서 한 20리가량 산을 끼고 꼬불꼬불 돌아 들어가면 내닫는 조그마한 마을이다. 앞뒤 좌우에 굵직굵직한 산들이 빽 둘러섰고 그 속에 묻힌 아늑한 마을이다. 그 산에 묻힌 모양이 마치 옴팍한 떡시루 같다 해서 동명(同名)을 '실레'라 부른다. 집이라야 대개 쓰러질 듯한 헌 초가요, 그나마도 50호밖에 되지 않는, 말하자면 아주 빈약한 촌락이다.

그러나 산천의 풍경으로 따지면 하나 흠잡을 데 없는 귀여운 전원이다. 산에는 기화이초(奇花異草)로 바닥을 틀었고, 여기저기에 쫄쫄거리며 내솟는 약수도 맑고 그리고 우리 머리 위에서 골골거리며 까치와 시비를 하는 노란 꾀꼬리도 좋다. 주위가 이렇게 시적이니만치 그들의 생활도 어디인가 시적이다. 어수룩하고 꾸물꾸물 일만 하는 그들을 대하면 딴 세상 사람을 보는 듯하다.

 벽촌이라 교통이라도 몹시 불편하므로 현 사회와 거래가 드물다. 편지도 나달에 한 번씩밖에 오지 않는다. 그것도 배달부가 자전거로 이 산골짜기까지 오기가 괴로워서 도중에 마을 사람이나 만나면 편지 좀 전해 달라고 부탁하고는 도로 가기도 한다.

 이렇게 도회와 인연이 멀므로 그 인심도 그리 야박하지가 못하다. 물론 극히 궁한 생활이 아닌 것은 아니나, 그러나 그들은 아직 악착한 생활을 모른다. 그 증거로 아직 내 기억에 상해 사건으로 마을의 소동을 일으킨 적은 없었다. 그들이 모여 일하는 것을 보아도 폭 우의적이요, 따라서 유쾌한 노동을 하는 것이다.

 오월쯤 되면 농가에는 한창 바쁠 때다. 밭일도 급하거니와 논에 모도 내야 한다. 그보다는 논에 거름을 할 갈(볏과에 속한 여러해살이풀로 거름으로 사용함)이 우선 필요하다. 갈을 꺾는 데는 갈잎이 알맞게 퍼드러졌을 때, 그리고 쇠기 전에 부랴사랴(매우 부산하고 황급히 서두름) 꺾어 내려야 한다.

 이러한 경우에는 일시에 많은 품이 든다. 그들은 여남은씩 한패가 되어 돌려가며 품앗이로 일을 해주는 것이다. 이것은 일의 권태로움을 잊을 뿐만 아니라 또한 일의 능률까지 오르게 된다.

갈 때가 되면 산골에서는 노유(老幼)를 막론하고 무슨 명절이나 된 것처럼 공연히 기껍다. 왜냐면 갈꾼을 위해 막걸리며 고등어, 콩나물, 두부에 이밥, 이렇게 별식이 벌어지기 때문이다.

농군 하면 얼른 앉은자리에서 밥 몇 그릇씩 치는 탐식가로 정평이 났다. 사실 갈을 꺾을 때 그들이 먹는 식품은 놀라운 것이다. 그리고 그렇게 먹지 않으면 몸이 감당해나가지 못할 만치 일도 역시 고된 일이다. 거한 산으로 헤매며 갈을 꺾어서 한 짐 잔뜩 지고 오르내리자면 방울땀이 떨어지니 여느 일과 노동이 좀 다르다. 그러니만치 산골에서는 갈꾼만은 특히 잘 먹이고 잘 대접하는 법이다.

개동(開東)부터 어두울 때까지 그들은 밥을 다섯 끼를 먹는다. 다시 말하면 조반, 점심 곁두리(힘든 일을 할 때 끼니 외에 참참이 먹는 음식), 점심, 저녁곁두리, 저녁 이렇게 여러 번 먹는다. 게다가 참참이 먹이는 막걸리까지 친다면 하루에 무려 여덟 번을 식사를 하는 셈이다. 그것도 감투밥(밥그릇 위로 수북이 담은 밥)으로 올려 담은 큰 그릇의 밥 한 사발을 그들은 주는 대로 어렵지 않게 다 치고 치고 하는 것이다.

"아, 잘 먹었다. 이렇게 먹어야 허리가 안 휘어."

이것이 그들이 가진 지식이다. 일에 과로해 허리가 아픈 것을 모르고, 그들은 먹은 밥이 삭아서 창자가 홀쭉하니까 허리가 휘는 줄로만 안다. 그러니까 빈창자에 연신 밥을 먹여서 꼿꼿이 만들어야 따라서 허리는 퍼질 것으로 알고 굳이 먹는 것이다.

갈꾼들은 흔히 바깥뜰(한 집에서 바깥쪽에 있는 집채에 딸린 뜰)에 명석을 펴고 쭉 둘러앉아서 술이고 밥이고 한데 즐긴다. 어쩌다 동리 사람이 그 앞을 지나가게 되면 손짓으로 부른다.

"여보게, 이리 와 한잔하세."

"밥이 따스하니 한술 뜨게유."

이렇게 옆 사람을 불러서 음식을 나누는 것이 그들의 예의다. 어떤 사람은 아무개 집의 갈 꺾는다 하면 일부러 찾아와 제 몫을 당당히 보고 가는 이도 있다.

나도 고향에 있을 때 갈꾼에게 여러 번 얻어먹었다. 그 막걸리의 맛도 좋거니와 옹기종기 모여 한 가족같이 주고받는 그 기분만도 깨끗하다. 산골이 아니면 보기 어려운 귀여운 단란이다.

그리고 산골에는 잔디도 좋다. 산비탈에 포근히 깔린 잔디는 저절로 침대가 된다. 그 위에 바둑이와 같이 벌렁 자빠져서 묵상하는 재미도 좋다. 여길 보아도 저길 보아도 우뚝우뚝 서 있는 모조리 푸른 산으로, 잡음 하나 들리지 않는다.

이 산속에 누워 생각하자면 비로소 자연의 아름다움을 고요히 느끼게 된다. 머리 위로 날아드는 새들도 갖가지다. 어떤 놈은 밤나무 가지에 앉아서 한 다리를 반짝 들고는 기름한 꽁지를 회회 두르며

"삐죽! 삐죽!"

이렇게 노래를 부른다. 그러면 이번에는 하얀 새가 "뺑!" 하고 날아와 앉아서는 고개를 까딱까딱하다가 도로 "뺑!" 하고 달아난다. 혹은 나무줄기를 쪼며 돌아다니는 딱따구리도 있고, 그러나 떼를 지어 푸른 가지에서 유희를 하며 지저귀는 꾀꼬리도 몹시 귀엽다.

산골에는 초목의 내음새까지도 특수하다. 더욱이 새로 튼 잎이 한창 퍼드러질 임시해서 바람에 풍기는 그 향취는 일필로 형용하기가 어렵다. 말하자면 개운한 그리고 졸음을 청하는 듯한 그런 나른한 향기다. 일종의 선정적 매력을 느끼게 하는 짙은 향기다.

뻐꾸기도 이 내음새에는 민감한 모양이다. 이때부터 하나둘 울기 시작한다. 한 해 만에 뻐꾸기의 울음을 처음 들을 적만치 반가운 일은 없다. 우울한 그리고 구슬픈 그 울음을 울어대면 가뜩이나 한적한 마음이 더욱 늘어지게 보인다.

다른 데서는 논이나 밭을 갈 때 노래가 없다 한다. 그러나 산골에는 소 모는 노래가 따로 있어 논밭 일에 소를 부릴 적이면 으레 그 노래를 부른다. 소들도 세련되어 주인이 부르는 그 노래를 잘 이해하고 있다. 그래서 노래대로 좌우로 방향을 변하기도 하고 또는 보조 속도를 늘이고 줄이고 이렇게 순종한다. 먼발치에서 소를 몰며 처량히 부르는 그 노래도 좋다. 이것이 모두 산골이 홀로 가질 수 있는 성스러운 음악이다.

산골의 음악으로 치면 물소리도 빼지는 못하리라. 쫄쫄 내솟는 샘물 소리도 좋고 또는 촐랑촐랑 흘러내리는 시내도 좋다. 그러나 세차게 꽐꽐 쏠려 내리는 큰 내를 대하면 정신이 번쩍 난다.

논에는 모를 내는 것도 이맘때다. 시골에서는 모를 낼 적이면 새로운 희망이 가득하다. 그들은 즐거운 노래를 불러 가며 가을의 수확까지 연상하고 한 포기의 모를 심어 나간다. 농군에게 있어서 모는 그들의 자식과도 같이 귀중한 물건이다. 모를 내고 나면, 그들은 그것만으로도 한 해의 농사를 다 지은 듯싶다.

아낙네들도 일꾼에게 밥을 해내기에 눈코 뜰 새 없이 바쁘다. 그리고 큰 함지에 처담아 이고는 일터에까지 나르지 않으면 안 된다. 아이들은 그 함지 끝에 줄레줄레 따라다니며 묵묵히 제 몫을 요구한다. 그리고 갈 때 전후해 송화가 한창이다. 바람이라도 세게 불 적이면 시냇면에 송홧가루가 노랗게 엉긴다.

아낙네들은 기회를 타서 머리에 수건을 쓰고, 산으로 송화를 따러 간다. 혹은 나무 위에서 혹은 나무 아래에서 서로 맞붙어 일을 하며, 저희도 모를 소리를 몇 마디 지껄이다가는 포복절도하듯이 깔깔대고 하는 것이다. 이것이 오월경 산골의 생활이다.

산 한 중턱에 번듯이 누워 마을의 이런 생활을 내려다보면 마치 그림을 보는 듯하다. 물론 이지(理智) 없는 무식한 생활이다마는 좀 더 유심히 관찰한다면 이지 없는 생활이 아니고는 맛볼 수 없을 만한 그런 순결한 정서를 느끼게 된다.

내가 고향을 떠난 지 한 4년이나 되었다. 그동안 얼마나 산천이 변했는지 모르겠다. 그러나 금장이(금은을 세공하는 사람을 낮

잡아 이르는 말)의 화를 아직 입지 않은 곳이매, 상전벽해의 변은 없으리라.

내내 건재하기 바란다.

－《조광》, 1936년 5월

어떠한 부인을 맞이할까

나는 숙명적으로 사람을 싫어합니다. 다시 말하면 사람을 두려워한다는 것이 좀 더 적절할는지 모릅니다. 늘 주위의 인물을 경계하는 버릇이 있습니다. 그 버릇이 결국에는 말 없는 우울을 낳습니다. 그리고 상당한 폐결핵입니다. 최근에는 매일 피를 토합니다.

나와 똑같이 우울한 그리고 나와 똑같이 피를 토하는 그런 여성이 있다면 한번 만나고 싶습니다. 나는 그를 한없이 존경하겠습니다. 왜냐면 나는 나 자신이 무언가를 그 여성에게서 배울 수 있으리라고 기대하기 때문입니다.

이렇게 되면 이것은 연애가 아닐는지도 모릅니다. 단순히 서로 이해할 수 있는 한 동무라 하겠습니다마는 다시 생각건대 이성의 애정이란 여기에서 출발하는 것이 아니라고 생각합니다.

만일 나에게 그런 특권이 있다면 그를 사랑하겠습니다. 결혼까지 이르게 된다면 감축할 일입니다. 그러면 그다음에는

이 몸이 죽어져서 무엇이 될까 하니
봉래산 제일봉에 낙락장송 되었다가
백설이 만건곤할 제 독야청정하리라

그 봉래산 제일봉이 어딜는지, 그 위에 초가삼간 집을 짓고 한번 살아보고 싶습니다. 많이도 바라지 않습니다. 단 사흘만 깨끗이 살아보고 싶습니다. 그러나 한 가지 큰 의문입니다. 서로 사람을 싫어하는 사람끼리 모여 결혼생활이 될는지 모릅니다. 만일 안 된다면 안 되는 그대로 좋습니다.

－《여성》, 1936년 5월

전차가 희극을 낳아

첫여름 밤의 해맑은 바람이란 그 촉각이 극히 육감적이다. 그러므로 가끔 가다가는 우리가 뜻하지 않았던 그런 이상한 장난까지 할 적이 있다.

청량리역에서 동대문으로 향해 들어오는 전차 선로 양편으로는 논밭이 늘려 놓인 평평한 버덩으로 밤이 들면 얼뜬 시골을 연상하게 할 만치 한가로운 지대. 더욱이 오후 열한 점을 넘게 되면 자전차나 거름 구루마 혹은 어쩌다 되는 대로 취해 비틀거리는 주정꾼 외에는 인적이 끊이게 된다.

쾡하게 터진 평야는 그대로 암흑에 잠기고 보는 사람으로 하여금 허전한 고적을 느끼게 한다. 그리고 어디서부터 불어오는지 나긋나긋한 바람이 연한 녹엽을 쓸어가며 옷깃으로 스며드는 것이다.

이런 배경에서 마치자 하다가 눈부신 사람 모양으로 꾸물

거리며 빈 전차가 오르내린다. 왜냐면 기차 시간 때나 또는 손님이 많은 때라면 물론 승객으로 차복이 터질 지경이나 그렇지 않고 이렇게 늦은 시간이어서는 대개가 공차다. 이 공차가 운전수, 차장 두 사람을 싣고 볼 일 없이 왔다 갔다 하는 것이다.

전차도 중앙지의 그것과 대면 모형도 구식이려니와 그 동작을 좇아 지배를 여실히 받는다. 허나 전차가 느린 것이 아니라 실상은 그놈속에서 조종하는 운전수가 하품을 하기에 볼일을 보지 못한다. 그뿐 아니라 자칫하면 아예 눈을 감고는 기계가 기계를 붙잡고 있는 그런 변괴까지 있는 것이다. 그러면 차장은 뒤칸에서 운전수 부럽지 않게 경쟁적으로 졸고 있는 것이 통례다.

내가 말하는 그 차장도 역시 팔짱을 딱 지르고 서서는 한창 졸고 있었다.

새벽부터 줄곧 같이

"표 찍읍쇼!"

"표 안 찍으신 분 표 찍읍쇼!"

이렇게 다년간 이어오던 똑같은 소리를 질러가며 돌아다니기에 인둘려(많은 사람의 운김에 취해 어지러워짐) 정신이 얼떨떨했을 것이다. 게다가 솔솔 바람이 뺨을 스치고 봄에는 압축되었던 피로가 그만 오싹 피어올랐을지도 모른다. 차가 뚤뚤 뚤뚤 가다가 우뚝 서면 그는 눈도 뜨지 않고 신호줄만 흔드는 이골 난 차장이었다. 하기야 동대문으로 향해 올라가는 종차이니까 얼른 차고에 부려놓고 집으로 가면 그만이다.

영도사 어구 정류장에 다다랐을 때 여전히 졸면서 발차 신호를 하자니까 "여보! 사람 안 태워요?" 하고 뾰로통해진 소리를 내지르는 사람이 있다. 여기에는 맑은 정신이 나지 않을 수 없었는지 다시 차를 세워 놓고 돌아보니 깡똥한(생긴 모양이 짧고 끝이 무딘) 머리에 댕기를 드린 17, 18세 되어 보이는 여학생이 허둥지둥 뛰어오른다. 그리고 금년에 처음 입학한 듯싶은 사각모자에 말쑥한 세루(서지(serge). 능직으로 짠 모직물) 양복을 입은 청년이 뒤따라 올라온다.

그들은 앉을 생각도 하지 않고 손잡이에 맞붙어 서서는 소곤소곤하다가 한번은 예약이나 한 듯이 서로 삥긋 웃어 보이고는 다시 소곤거리기 시작한다. 이것을 보면 남매나 무슨 친척이 되지 않는 것만은 확실했다. 다만 젊은 남녀가 으슥한 교외로 산책하며 여태껏 재미로운 이야기를 마음껏 지껄였으나 그래도 더 남았는지 조금 뒤에 헤어질 것이 퍽 애석한 모양이었다.

그러나 차장에게는 그 사정쯤 알 것이 없고 도리어 방해자에게 일종의 반감을 느끼면서 콘트라 통에 기대어 다시 졸기로 했다. 그리고 머릿속에는 이따 냉면 한 그릇 먹고 가서 푹신한 자기 침구 위에 늘어지리라는 그런 생각이 막연히 떠오를 뿐이었다.

신설리 근방을 지났을 때까지도 차장은 끄떡거리기에 여념이 없었다.

"표 찍어주셔요!"

"여보셔요! 이 표 안 찍어줘요?"

색시가 돈을 내대고 이렇게 요구를 했으나 그래도 차장은 눈 하나 까딱하지 않으므로

"아니 여보! 표 안 찍우!"

이번에는 사각모가 무색해진 색시의 체면을 세우기 위해 위엄 있는 어조로 불렀으나 그래도 역시 반응이 없다.

"표는 안 찍고 졸고만 있으면 어떻게?"

"어젯밤을 새웠나?"

"그만두구려, 이따 그냥 내리지."

그들은 약간 해어진 자존심을 느끼면서 이렇게들 투덜거리

지 않을 수 없었다.

차장은 비록 눈은 감고 졸고 있었다 하더라도 이런 귀 거친 소리는 다 들을 수 있었다. 그의 생각에는 표 찍을 때 되면 어련히 찍으려고 저렇게 발광들인가 속으로 썩 괘씸했다. 몸이 날짝지근해 움직이기도 싫거니와 한편 승객의 애 좀 키우느라고 의식적으로 표를 찍어주지 않았다.

그러나 색시가 골을 내가지고

"돈 받아요!"

거반 악을 쓰다시피 하는 데는 비위가 상해서라도 그냥 더 참을 수가 없었다. 그리고 그들도 이때 표만 찍어 받지 않았더라면 아무 봉변도 없었을지 모른다.

차장이 어슬렁어슬렁 들어와서 하품을 한 번 터치고는

"어디로 가십니까?"

"종로로 가요 문안차. 아직 끊어지지 않았지요?"

"네, 아직 멀었습니다."

그리고 이구표 두 장과 돈을 거슬러 준 다음 돈 가방을 등 뒤로 슬쩍 제쳐 메고 차장대로 나오려 할 때다.

손잡이에 의지해 섰던 색시가 별안간

"아야!"

비명을 내지르더니 목매 끌리는 송아지 모양으로 차장에게 고개가 딸려 가는 것이 아닌가. 사각모는 이 의외의 돌발 상황에 눈이 휘둥그레 저도 같이 소리를 질러야 좋을지 어떨지 그것조차 모르는 모양이었다. 꿀 먹은 벙어리처럼 덤덤히 서서는 색시와 차장을 번갈아 보고 있을 뿐이다. 왜냐면 어쩌다 그렇게 되었는지 차장의 돈 가방이 교묘하게도 색시 댕기의 한끝을 물고 잡아챈 까닭이었다.

색시는 금세 안색을 변해가지고 어리둥절해서 돌아선 차장에게

"이런 무례한……."

이렇게 독설을 놀리려 했으나 그만 말문이 콱 막힌다. 이것은 넘어도 도를 넘는 실례라 호령도 제대로 나오지를 못하고 결국 주저주저하다가

"남의 머리를 채는 법이 어디 있어요?"

"잘못됐습니다. 그런데 나도 모르는 사이에 그렇게 됐습니다."

"모르긴요!"

색시는 무안한 생각, 분한 생각에 눈에 눈물까지 핑그르르 돌며

"몰랐으면 어떻게 댕기가 가방 틈으로 들어가요?"

"몰랐기에 그렇게 됐지요 알았다면 당신께서라도 그때 뽑았을 게 아닙니까? 그리고 또 잡아채면 손으로 잡아채지 왜 가방이 물어 차게 합니까?"

차장은 늠름히 서서 여일같이 변명했다. 딴은 돈 가방이 물어댔지 결코 손으로 잡아챈 것은 아니니까 조금도 꿀릴 데가 없다.

이렇게 차장과 승객이 옥신각신하는 서슬에 전차도 딱 서서는 움직이길 주저했다. 운전수도 졸렸던 차에 심심파적으로 돌아서서는 재미로운 이 광경을 이윽히 바라보고 있는 것이다.

이때 처지가 몹시 곤란한 것은 사각모였다.

연인이 모욕을 당했을 때는 목이라도 비여 내놓고 대들려는 것이 젊은 청년의 열정이겠다마는 이 청년은 그럴 혈기도 보이지 않거니와 혹시나 차장과 시비를 하다가 파출소에까지 가게 된다면 학생의 신분이 깎일 것을 도리어 우려하는 모양이었다.

색시가 꺾인 자존심을 수습하기 위한다는 하나의 선후책으로 전차가 동대문까지 도착하기 전에 본권과 환승권을 한꺼

번에 차장에게로 내팽개치고

"나 내릴 테야요. 차 세워주셔요."

그리고 쾌쾌히(씩씩하고 시원스럽게) 내려올 때 사각모도 묵묵히 따라 내려와서는 "에이 참! 별일도 다 많어이!" 하고 겨우 땅에 침을 뱉었다.

이것이 어떤 운전수가 나에게 들려준 한 실담(實談)이었다. 그는 나더러 그러니 아예 차장을 업신여기지 말라 하고 "아 망할 놈, 아주 심술궂은 놈이 아니야요?" 하고 껄껄 웃는 것이다.

그러나 나는 생각건대 그 행동이 단순히 심술궂은 데서만 나온 것이 아닐 듯싶다. 물론 저는 새벽부터 밤중까지 시달리는 몸으로 교외로 산보를 할 수 있는 젊은 남녀를 볼 때 시기가 전혀 없을 것도 아니요 또는 표 찍고 종 치고 졸고 이렇게 단조로운 노동에 있어서 때때로 그만한 유머나마 없다면 울적한 그 감정을 조절할 길이 없을 것이다. 하지만 그보다 더 큰 이유를 찾는다면 그것은 이성에 대한 동경과 애정의 발로일는지 모른다. 누구는 말하되 사랑이 따르지 않는 곳에는 결코 참된 미움이 성립되지 못한다 했다. 그럼 이것이 그 철리(哲理)를 증명하는 한 개의 호례(好例)이리라.

여기에서 차장이 그 색시에게 욕을 보이기 위해 그런 흉계를 꾸몄다 하는 것은 조금도 해당하지 않은 추측이다. 말하자면 첫여름 밤 전차가 바람을 맞았다 하는 것이 좀 더 적절한 표현일는지 모른다.

– 《조광》, 1936년 6월

길 _ 아무도 모르는 나의 비밀

며칠 전 거리에서 우연히 한 청년을 만났다. 그는 나를 반겨 차방으로 끌어다 놓고 이 이야기 저 이야기하던 끝에 돌연히 충고해 가로되 "병환이 그러시니만치 돌아가시기 전에 얼른 걸작을 쓰셔야지요?" 하고 껄껄 웃는 것이다.

진정에서 우러나온 충고가 아니면 모욕을 느끼는 게 나의 버릇이었다.

나는 듣지 못한 척하고 옆에 놓인 얼음냉수를 들어 쭈욱 마셨다. 왜냐면 그는 귀여운 정도를 넘을 만치 그렇게 자만스러운 인물이다. 남을 충고함으로써 뒤로 자기 자신을 높이고 그리고 거기에서 어떤 만족을 느끼는 그런 종류의 청춘이었던 까닭이다.

얼마 지난 뒤에야 나는 입을 열어 "물론 내 병이 졸연히(갑작스럽게) 날 것은 아니나 그러나 어쩌면 성한 그대보다 좀 더 오래 살는지 모른다. 그리고 성한 그대보다 좀 더 오래 살 수 있는 이것이 결국 나의 병일는지 모른다" 하고 "그러니 그대도 아예 부주의 마시고 성실히 사시기 바랍니다" 했다. 그러고 보니 유정이! 너도 어지간히 사람은 버렸구나. 이렇게 기운 없이 고개를 숙였을 때 무거운 고독과 아울러 슬픔이 등 위로 내려침을 알았다. 그러나 나는 아직 버리지 않았다.

작년 봄 내가 한 달포를 두고 몹시 앓았을 때 의사를 찾아가니 그 말이 돌아오는 가을을 넘기기가 어렵다 했다. 말하자면 요양을 잘 한다고 해도 위험하다는 눈치였다. 그러나 나는 술을 마음껏 먹었다. 연일 철야로 원고와 다투었다. 이러고도 그 가을을 무사히 넘기고 그다음 가을 즉 올가을을 앞에 두고 이렇게 기다리고 있는 것이다. 과학도 얼마만치 농담임을 알았다.

가만히 생각하면 내 목을 좌우할 수 있는 건 다만 그 '길' 이다. 그리고 그 '길'이라야 다만 나는 온순히 그 앞에 머리를 숙일 것이다.

요즘에 나는 헤매던 그 길을 바로 들었다. 다시 말하면 전일 잃은 줄로 알고 헤매고 있던 나는 요즘에 이르러서야 비로소 나를 위하여 따로 한 길이 옆에 놓여 있음을 알았다. 그

길에 얼마나 멀는지 나는 그것을 모른다. 다만 한 가지 내가 그 길을 완전히 걷고 그날까지는 내 몸과 생명이 결코 꺾임이 없을 것을 굳게굳게 믿는 바이다.

– 《여성》, 1936년 8월

행복을 등진 정열

이제 여름도 다 갔나 보다. 아침저녁으로 제법 맑은 높새가 건들거리기 시작한다. 머지않아 가을이 올 것이다. 얼른 가을이 되어주기를 나는 여간 기다리지 않는다. 가을은 마치 나에게 커다랗고, 그리고 아름다운 그 무엇을 가져올 것만 같이 생각이 든다.

요즘에 나는 또 하나의 병이 늘었다. 지금 두 가지 병을 앓으며 이렇게 철이 바뀌기만 무턱대고 기다리고 누워 있다. 나는 바뀌는 절서(節序, 절기의 차례)에 가끔 속았다.

지난겨울만 해도 이른봄이 되어주기를 그 얼마나 기다렸던가. 봄이 오면 날이 화창할 것이고 보드라운 바람에 움이 트고 꽃도 피리라. 만물은 씩씩한 소생의 낙원으로 변할 것이다. 따라서 내게도 보드라운 그 무엇이 찾아와 무거운 이 우울을 씻어줄 것만 같았다.

"오냐! 봄만 되어라."

"봄이 오면!"

나는 이렇게 혼잣소리를 하며 뻗질 주먹을 굳게 쥐었다. 한 번은 옆에 있던 한 동무가 수상스러워 묻는 것이다.

"김 형! 봄이 오면 뭐 큰 수나 생기십니까?"

"그럼요!"

나는 제법 토심스레(불쾌하고 아니꼽게) 대답했다. 나 자신 역시 난데없는 그 수라는 것이 웬 놈의 수인지 영문도 모르련만, 그러자 봄은 되었다. 갑자기 변하는 일기로 말미암아 그런지 나는 매일같이 혈담을 토했다. 밤이면 불면증으로 시난고난 (병이 심하지는 않으면서 오래감) 몸이 말랐다.

이렇게 병세가 점점 악화해질 때 그 동무는 나를 딱하게 쳐다본다.

"김 형! 봄이 되었는데 어째……."

"글쎄요!"

이때 내 대답은 너무도 무색했다. 그는 나를 데리고 술집으로 가더니

"이젠 그렇게 기다리지 마십시오. 그거 안 됩니다" 하고 넘겨짚는 소리로 낯에 조소를 띠는 것이다. 허나 그는 설마 나

를 비웃지는 않았으리라. 왜냐면 그도 또한 수재의 시인이었다. 거칠어진 내 몸에서 그 자신을 비로소 깨닫고 역정스레 웃었는지도 모른다.

바뀌는 철만 기다리는 마음, 그것은 분명히 우울의 연장이다. 지척에 임 두고 보지 못하는 마음 거기에다 비할는지, 안타깝고 겹겹한 희망으로 가는 날짜를 부지런히 손꼽아본다. 그러나 정작 제철이 닥쳐오면 덜컥하고 그만 낙심하고 마는 것이다.

행복의 본질은 믿음에 있으리라. 속으면서 그래도 믿는, 이것이 어쩌면 행복의 하나일지도 모른다.

사실인즉, 나는 그 행복과 인연을 끊은 지 이미 오래다. 지금에 내가 살고 있는 것은 결코 그것 때문이 아니다. 말하자면 행복과 등진 열정에서 뻗쳐나온 생활이라 하는 것이 옳을는지.

그러나 가을아 어서 오너라.

이번에 가을이 오면 그는 나를 찾아주려니, 그는 반드시 나를 찾아주려니, 되지 않을 것을 이렇게 혼자 자꾸만 우기며 나는 철이 바뀌기만 까맣게 기다린다.

- 《여성》, 1936년 10월

밤이 조금만 짧았다면

허공에 둥실 높이 떠올라 중심을 잃은 몸이 삐끗할 때, 정신이 그만 아찔해 서둘러 눈을 떠 보니, 이것도 꿈이라 할지, 어수 산란한 환각이 눈앞에 그대로 남아 아마도 그동안에 잠이 좀 든 듯싶고, 지루한 보조로 고작 두 점 오 분에서 머뭇거리던 괘종이 그사이에 십오 분을 돌아 두 점 이십 분을 가리킨다.

요(이불) 바닥을 얼러 몸을 적시고 흥건히 내솟은, 귀죽죽한 (구질구질하고 축축한) 도한(盜汗, 심신이 쇠약해 잠자는 사이에 저절로 나는 식은땀)을 등으로 느끼고는 그 옆으로 자리를 좀 비켜 눕고자 끙 하고 두 팔로 상체를 떠들어보다 상체만이 들리지 않을 뿐 아니라 예리한 칼날이 하복부로 저미어 드는 듯이 무되게 쳐 뻗는 진통으로 말미암아 이를 꽉 깨물고는 도로 그 자리에 가만히 누워버린다. 그래도 이 역경에서 나를 구할 수 있는 것이 수면일 듯싶어 다시 눈을 지그시 감아보았으나, 그러나 발치에 걸린 시계 종소리만 점점 역력히 고막을 두드려 올 뿐, 달아난 잠을 잡으려고 무리를 거듭해온, 두 눈뿌리(눈의 안쪽 부분)는 쿡쿡 쑤셔 들어온다.

이번에는 머리맡에 내던졌던 로드 안약을 또 한 번 집어 들어 두 눈에 점주(點注, 살짝 흘려 넣음)해보다가는, 결국 그것마저 실패로 돌아갔음을 깨닫자 인제는 나머지로 하나 있는 그 행동을 아꼈음에도 불구하고, 그대로 드러누운 채 마지못해 떨리는 손으로 낮추었던 램프의 심지를 다시 돋워 올린다. 밝아진 시계판에서 아직도 먼동이 트기까지 세 시간이나 넘어 남아 있음을 새삼스레 읽어보고는 골피(얼굴)를 찌푸리며 두 어깨가 으쓱하고 우그러들 만치, 그렇게 그 시간의 위협이 두려워진다.

시계에서 겁을 집어먹은 시선을 천정으로 힘없이 걷어 올리며 생각해보니, 이렇게 굴신(屈伸, 굽힘과 폄)을 못 하고 누워 있는 것이 오늘로 나흘이 되어오련만 아무 가감도 없는 듯싶고, 어쩌면 변비로 말미암아 내치핵(치질)이 발생한 것을 이것쯤 하고 등한시했던 것이, 그것이 차차 퍼지고 결핵성 농양을 이루어 치질 중에도 가장 악성인 치루, 이렇게 무서운 치루를 갖게 된 내가 밉지 않은 것은 아니나, 그러나 다시 생각하면 나의 본병인 폐결핵에서 필연적으로 도달한 한 과정일 듯도 싶다. 치루하면 선뜻 의사의 수술을 요하는 종창인 줄은 알고 있지만, 우선 나에게는 그럴 만한 물질적 여유도 없거니와 설혹 있다 하더라도 이렇게 쇠약한 몸이 수술을 받고 한 딜포 동안 시달리고 난다면, 그 꼴이 말도 못 될 것이니 이러지도 못 하고 저러지도 못 하고 진퇴유곡에서 딱한 생각만 해본다. 날이 밝는다고 거기에 별 뾰족한 수가 있는 것도 아니로되, 아마도 이것은 딱한 사람의 가냘픈 위안인 듯싶어 어떻게 하면 이 시간을 보낼 수 있을까 하고 그 수단에 한참 궁하다가 요행히도 나에게 흡연술이 있음을 문득 깨닫자, 옆의 신문지를 두 손으로 똥치똥치 말아서 그거로다 저쪽에 놓여 있는 성냥갑을 끌어 내려가지고 궐련 한 개를 입에 피워 문다. 평소에도 기침으로 인해 밤 궐련을 삼가왔던 나이매 한 모금을 조심스레 빨아서 다시 조심스레 내뿜어보고는 그래도 무사한 것이 신통해 좀 더 많이 빨아보고, 좀 더 많이 빨아보고, 이렇게 나중에는 강렬한 자극을 얻어보고자 한 가슴 듬뿍이 흡연을 하다가는 그만 아치 하고 재채기가 시작되어 괴로이 쏟아지는 줄 기침으로 말미암아 결리는 가슴을 만져주랴, 쑤시는 하체를 서둘러 더듬어주랴, 눈코 뜰 새 없이 허둥지둥 얽매인다.

이때까지 혼곤히 잠이 들어 있었던 듯싶은, 옆방 환자에게마저 내 기침이 옮아가 쿨룩거리기 시작하니 한동안 경쟁적으로 아래 윗방에서 부지런히 쿨룩거리다 급기야 얼마나 괴로운지, 에구머니 하고 자지러지게 뿜어 놓는 그 신음에 나는 뼈끝이 다 저려온다. 나의 괴로움보다는 그 소리를 듣는 것이 너무도 약약하여(싫증이 나서 귀찮고 괴로워) 미안한 생각으로 기침을 물리치고자 노력했으나 입 막은 손을 떠들고까지 극성스레 나오는 그 기침을 어찌할 길이 없어, 손으로 입을 가리고는 죄송스레 쿨룩거리고 있노라니 날로 더해가는 아들의 병으로 인해 끝없이 애통해하는 옆방 그 어머니의 탄식이 더욱 마음에 아파온다. 아들의 병을 고치고자 협수룩한 이 절로 끌고 와 불전에 기도까지 올렸건만, 도리어 없던 증세만 날로 늘어가는 것이, 목이 부어 밥도 못 먹고는 하루에 겨우 미음 몇 숟가락씩 떠 넣는 것도 그나마 돌라놓고(먹은 것을 다시 토해내고) 마는 것이나, 요즘에 이르러서는 거지반 보름 동안을, 웬 딸꾹질이 그리 심악한지, 매일같이 계속되므로 겁이 덜컥 났던 차에, 게다가 어제 아침에는 보꾹(지붕의 안쪽)에서 우연히도

쥐가 떨어져 아차 인젠 글렀구나 싶어 때를 기다리고 앉아 있는 그 어머니였다. 한때는 나도 어머니가 없음을 슬퍼도 했으나 이 정경을 목도하고 보니, 지금 나에게 어머니가 계셨더라면 슬퍼하는 그 꼴을 어떻게 보았으랴 싶어 일찍이 부모를 여읜 것이 차라리 행복이라고, 없는 행복을 있는 듯이 느끼고는 후 하고 가벼이 숨을 돌려본다.

　머리맡의 지게문('창'의 방언)을 열어젖히니 가을바람은 선들선들 이미 익었고, 구슬피 굴러드는 밤벌레의 노래에 그윽이 귀를 기울이고 있었던 나는 불현듯 몸이 아팠는가. 그렇지 않으면 무엇이 슬펐는가, 까닭 모르게 축축이 젖어오는 두 눈뿌리를 깨닫자, 열을 벌컥 내에서는 '네가 울 테냐, 네가 올 테냐' 이렇게 무뚝뚝한 태도로 비열한 자신을 얼러보다, 그래도 그 보람이 있었는지 흥 하고 콧등에 냉소를 띠우고는 주먹으로 방바닥을 우려치고, 그리고 가슴 위에 얹었던 손수건으로 이마의 땀을 초조히 훑어본다. 너 말고도 얼마든지 울 수 있는 창두적각(蒼頭赤脚, 푸른 머리에 붉은 다리라는 뜻으로, 노비를 가리키는 말)이 허구 많을 터인데, 네가 울다니 그건 안 되리라고 쓸쓸히 비웃고는, 동무에게서 온 편지를 두 손에 펴들고, 이것이 네 번째이건만 또다시 경건한 심정으로 근독(謹讀, 조심스럽게 읽음)해본다.

  김 형께!
  심히 놀랍습니다.
  이처럼 사람의 일이 막막할 수가 없습니다.
  울어서 조금이라도 이 답답한 가슴이 풀릴 수 있다면 얼마든지 울 것 같습니다.

  이것은 나의 이 사실을 인편으로 듣고 너무도 놀란 마음에 황황히 뛰어오려 했으나, 때마침 자기 아우가 과한 객혈로 말미암아 정신없이 누웠고, 그도 그렇건만 돈 없어 약을 쓰지 못하니 형 된 마음에 좋을 리 없을 테니, 이럴까 저럴까 양난지세(兩難之勢)로 그 앞에 우울히 지키고만 앉아 있는 그 동무의 편지였다.
  한편에는 아우가 누웠고, 또 한편에는 동무가 누웠고, 그리고 이렇게 시급히 돈이 필요하건만 그에게는 왜 그리 없는 것이 많은지, 간교한 교제술이 없었고, 비굴한 아첨이 없었고, 게다가 때에 찌든 자존심마저 없고 보매, 세상은 이런 어리석은 청년에게 처세의 길을 열어줄 수 없어 그대로 내굴렸으니,

드디어 말없는 변질이 되어 우두커니 앉아 있는 그를 눈앞에 보는 듯하다.

아, 나에게 돈이 왜 없었던가 싶어 부질없는 한숨이 터져 나올 때, 동무의 편지를 다시 집어 들고 읽어보니, 그 자자구구([字字句句], 낱낱의 글자와 낱낱의 글귀)에 맺혀진 어리석은 그의 순정은 내 가슴을 커다랗게 때려놓고, 그리고 앞으로 내가 마땅히 걸어야 할 길을 엄숙히 암시해주는 듯해 우정을 넘는 그 무엇을 느끼고는 감격 끝에 눈물이 머금어진다.

며칠 있으면 그는 나를 찾아오려니, 그때까지 이 편지를 고이 접어두었다. 이것이 형에게 보내는 내 답장이다. 그리고 그 주머니에 도로 넣어 주리라 이렇게 마음을 먹고 봉투에 편지를 넣어 요 밑에다가 깔아 둔다. 지금의 내게는 한 권의 성서보다 몇 줄의 이 글발이 지극히 은혜롭고 거칠어가는 내 감정을 매만져주는 것이니, 그것을 몇 번 거듭 읽는 동안에 더운 몸이 점차로 식어 옴을 알자, 또 한 번 램프의 불을 낮춰놓고 어렴풋이 눈을 감아본다. 그러다 허공에 둥실 높이 떠올라 중심을 잃은 몸이 삐끗했을 때, 정신이 그만 아찔해 눈을 떠 보니, 시간은 석 점이 되려면 아직도 5분이 남았고, 넓은 뜰에서 허황히 뒹구는 바람에 법당의 풍경이 은은히 울려오는 것이니 아아, 가을밤은 왜 이리 밝지 않는가 하고, 안타깝게도 더딘 시간이 내게는 너무나 원망스럽다.

— 《조광》, 1936년 11월

강원도 여성

아리랑 아리랑 아라리요
아리랑 띠어라 노다 가게
강원도 금강산 일만이천 봉
팔만 구암자 재재 봉봉에
아들딸 날라고 백일기도두 말게우
타관 객리 나선 손님을 괄세도 마라

이것은 강원도 아리랑의 일 절입니다.

여기에서 우리는 우선 그 땅의 냄새를 맡을 수 있으리라 생각합니다.

산천이 수려하고, 험준하니만치 언뜻 성내는 범을 연상하기가 쉽습니다마는 기실 극히 엄숙하고 유창한 풍경입니다.
우리가 건실한 시인의 서정시를 읽는 것과 같이 그렇게 아련

하고 정다운 풍경입니다. 멀찍멀찍이 내뻗은 늠름한 산맥이며, 그 앞을 빙글뱅글 휘돌아 내리는 맑은 냇물이 곱고도 정숙한 정서를 빚어 놉니다.

배경이 이러므로 그 속에 묻힌 생활 역시 나른한 그리고 아리잠직한 분위기가 떠돕니다. 첩첩이 둘러싼 산록에 여기 집 몇 채, 그리고 그 바닥에서 오고 가고 먹고사는 그 생활 동정이 마치 한 폭 그림을 보는 것 같습니다.

이래도 잘 모르실 듯싶으면 오뉴월 염천에 늘어지게 밭 갈고 있는, 황소 뿔에 졸고 앉아 있는 왕파리를 잠깐 생각하십시오.

강원도의 여성, 하면 곧 이 가운에서 밥 짓고, 애기 낳고, 물 긷고 하는 그 아낙네의 말입니다.

여기에 또 이런 노래가 있습니다.

논밭전토 쓸 만한 건 기름방울이 두둥실
계집애 쓸 만한 건 직조간만 간다네

교통이 불편하면 할수록 문화의 손이 감히 뻗지를 못합니다. 그리고 문화의 손에 농격되지 않는 것에는 생활의 과장이라든가 또는 허식이라든가, 이런 유령이 감히 나타나질 못합니다. 그뿐만 아니라 타고난 그 인물까지도 오묘한 기교니 근대식 화장이니, 뭐니 하는 인공적 협잡이 전혀 없습니다. 선천적으로 타고난 그대로 텁텁하고도 질긴 동갈색 바닥에 근실한 이목구비가 번듯번듯히 서로 의좋게 놓였습니다.

다시 말씀하면 싱싱하고도 실팍한 원시적 인물입니다.

아하, 그럼 죽통에 틀어박은 도야지 상이 아니냐고 의심하실 분이 계실지 모릅니다. 허나 그것은 엄청나게 잘못된 생각입니다. 일색이란 결코 퇴폐기적 심신으로 기함한 중병 환자의 용모가 아닌 동시에 근대 미용술과 거리가 멀다고 곧 잡아 추물이라 할 것은 아닙니다. 그럴래서는 어느 여성이고 미용사의 손에서 농간을 좀 당하고, 그리고 한 달포 동안 지긋이 굶어보십시오. 어렵지 않게 안색이 창백해지고 몸매가 날씬한 것이 바람만 건듯 불면 그대로 후룩 날을 듯한 미인이 될게 아닙니까.

그러나 이 땅의 아낙네가 가진 그것은 유현(幽玄, 이치나 아취가 깊고 오묘함)한 자연비랄까 혹은 천래부봉의 순진미라 하는 것이 옳을 듯합니다. 외양이란 대개 그 성격을 반영하나 봅니다. 그들의 생활에는 허영이라는 일이 일절 없습니다. 개명

한 사람의 처신법과 같이 뚫어진 발꿈치를 붉은 낯이 치마 끝으로 가린다든가, 혹은 한 자 뜯어 볼 수 없는 외국 서적을 옆에 끼고 그러잖아도 좋을 듯싶은 용기를 내어 큰 거리를 활보한다든가, 하는 이런 어려운 연극을 도시 모릅니다. 해어진 옷에 뚫어진 버선, 혹은 맨발로 칠떡칠떡(물건이 너무 길어서 자꾸 바닥에 닿았다 들렸다 하며 끌리는 모양) 돌아다니며 어디 하나 꿀릴 데 없는 무관한 표정입니다.

하기야 그들이라고 이런 장난을 아주 모른대서야 억설이 되겠지요. 때로는 검붉은 얼굴에 분때기('분'을 속되게 이르는 말)를 칠해서 마치 풀집 대문간에 광고로 매달린 풀바가지같이 된다든가, 하지 않으면 먼지가 켜켜이 앉은 머리에 왜밀(밀과 참기름에 향료를 섞어 만든 기름)을 철떡 어려서 우리 안의 도야지 궁둥이를 만든다든가, 이런 일이 더러 종종 있습니다. 허나 이걸 가지고 곧 허영이 들떴다고 보기는 좀 아깝습니다. 말씀하자면 어쩌다 이 산속에 들어오는 버덩 사람이 그렇게 하니까 어찌 되나, 나도 한번 해보자는 호기심에서 더 지나지 않을 것입니다.

왜냐면 그들은 갑갑한 산중에서만 생활해왔기 때문에 언제나 널찍한 버덩이 그립습니다.

아주까리 동백아 흐내지 마라
산골 큰애기 떼난봉 난다

　동백꽃이 필라치면 한겨울 동안 방에 갇혀 지내고 있던 처녀들이 하나둘 나물을 나옵니다. 그러면 그들은 꾸미꾸미(남몰래 틈틈이) 외딴 곳에 한 덩어리가 되어 쑥덕공론입니다. 혹은 저희끼리만 들을 만치 나직나직한 음성으로 노래를 부르기도 합니다. 그 노래라는 것이 대개 잘살고 못사는 건 내 분복(分福, 선천적으로 타고난 복)이니 버덩의 서방님이 그립다는 이런 의미의 장탄입니다. 우리가 바닷가에 외로이 섰을 때 바다 너머 저편에는 까닭 없이 큰 기쁨이 있는 듯싶고, 따사로운 애정이 자기를 기다리는 것만 같아 안타깝게도 대고 그립니다. 그와 마찬가지로 산골의 아낙네들은 넓은 버덩에는 그 무엇이 자기네를 기다리는 것만 같아 그렇게도 동경해 마지않는 것입니다.

네 가두 남만치나 생각을 한다면
거리거리 노중에 열녀비가 슨다

교양이라는 놈과 인연이 먼 만치 무뚝뚝한 그들에게는 예의가 알 바 없습니다. 우선 길을 가시다 구갈이 나시거든 우물두덩에서 물을 푸고 있는 아낙네에게 물 한 그릇을 청해보십시오. 그는 고개도 돌려보는 법 없이 물 한 바가지 뚝 떠서 무심히 내줄 것입니다. 그건 그만두고 물을 다 자신 뒤에 고맙습니다, 인사하고 그 바가지를 도로 내놔보십시오. 역시 그는 아무 대답도 없이 바가지를 턱 받아 제 물만 푸기가 쉽습니다.

그렇다 하더라도 예의를 모르는 식충이라고 속단하셔서는 도리어 봉변하시고 맙니다. 입에 붙은 인사치레로만 간실간실 살아가는 간배에 비한다면 무뚝뚝하고 냉담해 보이는 그들과 우리는 정이 들기가 쉬울 것입니다. 목마른 사람에게 물을 떠주고, 먹고, 하는 것은 의례히 또는 마땅히 있을 일, 그무에 고맙겠는가, 하는 그 태도입니다.

그건 새로이 남편이 먼길에서 돌아와 보십시오. 그래도 인사 한마디 탐탁히 하지 않는 그들입니다. 이럽세, 저럽세, 하는 되우(아주 몹시) 늘어진 그들의 언어와, 굼뜬 그 동작을 종합해보시면 어쩌면 생의 권태를 느낀 사람의 모습으로 생각되기가 쉽습니다. 허나 그런 것이 아니라 도리어 생에 집착한 열정이 틀진(틀이 잡혀 듬직한) 도량의 나이, 그것의 소치(所致. 어떤 까닭으로 생긴 일)일지도 모릅니다. 일언이폐지하고 다음의 노래가 그것을 소상히 증명하리라고 생각합니다.

　네 팔짜나 내 팔짜나 잘 먹구 잘 입구

　소라반자 미닫이 각장장판 샛별 같은 놋요강

　온앙금침 잣모벼개에 깔구 덮구 잠자기는

　삶은 개다리 뒤틀리듯 뒤틀렸으니

　웅틀붕틀 멍석자리에 깊은 정이나 들이세

- 《여성》, 1937년 1월

병상 영춘기

　햇빛을 보는 것은 실로 두려운 일이었다.

　햇살이 퍼질 때이면 밤 동안에 깊이 잠재했던 모든 치욕이 현실로 향해 활동하기 시작한다. 만일 자유를 잃어 몸이 여기에 따르지 못한다면 그것은 참으로 우울한 일이다. 뼈가 저릴 만치 또한 슬픈 일이었다.

　햇살!

　두려운 햇살!

　머리 위까지 이불을 잡아 들쓰고는 암흑을 찾는다마는 두꺼운 이 이불로도 틈틈이 새어드는 광선은 어찌해볼 길이 없다. 두 손으로 이불을 버쩍 치올렸다가는 이번에는 베개까지 얼러 싸고 비어진 구멍을 꼭 여며본다. 간밤에 몇 번 몸을 추겨놓았던 도한으로 말미암아 퀴퀴한 냄새는 코를 찌른다. 감으려고 감으려고 무진히 애를 써보았던 눈에는 수면 대신에 눈물이 솟아오른다. 그뿐으로 눈꺼풀이 아물아물(희미하게 보일 듯 말 듯)할 때는 그래도 필연 틈틈으로 광선이 새어드는 모양이다.

열퉁적은 빛도 비치려니와 우선 잠을 자야 한다. 한밤 동안을 멀거니 앉아 새고 난 몸이라 늘쩍지근한 것이 마치 난타를 당한 사람의 늘어진 몸과도 같다.

무엇보다도 건강에는 잠을 자야 할 것이다. 잠이다 잠. 몸을 이쪽으로 돌려 눕히고 네 보란 듯이 탐스럽게 코를 골아본다. 이렇게 생코를 골다가 자칫하면 짜장(말 그대로 틀림없이) 단잠이 되는 수도 없지 않다. 잠을 방해하는 것은 흔히 머리에 얽힌 환상과 주위의 위협 그리고 등을 누르는 무거운 병마, 그놈이었다. 이 모든 것을 한번 털어보고자 되도록 소리를 높여 코를 골아본다.

그러나 에헤, 이건 다 뭐냐. 객쩍은 어린애의 짓이 아닐까. 아무리 코를 곤대도, 새벽 물을 길어오는 물장사의 물지게 소리보다 더 높일 수는 없을 것이다.

누구에게 화를 내는 것도 아니련만 눈을 뚝 부릅뜨고 그리고 벌떡 일어나 앉는다. 이불을 홱 제쳐 던지는 서슬에 찬바람이 일며 땀에 물은 등에 소름이 쭉 끼친다. 기침을 쿨룩거

리며 벽께로 향하고 앉은 채

"뒤, 뒤."

이렇게 기함한 음성으로 홀로 쑹얼거린다. 그러면 옆에서
자고 있는 조카가 어느덧 그 속을 알아차리고 밖으로 나가 얼
른 변기를 들고 들어온다. 그 위에 신문지를 깔고, 소독약을
뿌리고 하여 방 한구석에 놓아주며

"지금도 배 아프셔요?"

"응!"

왜 이리 배가 아프냐. 줄대어 싸는 설사에는 몸이 척척 휜
다. 어제는 낮에 네 번, 밤에 세 번, 낮밤으로 설사에 몸이 녹
았다. 지금 잠을 자지 못한다고 물장사를 탓할 것도 아니다.
어쩌면 터지려는 설사를 참으려고 애를 써 이마에 진땀을 흘
린 것도 나빴는지도 모른다.

아, 아, 너무도 단조로운 행사 어떻게 이 뒤를 보지 않고 사
는 도리가 없을까. 치루에 설사는 크게 금물이다. 그러나 종
창의 고통보다는 매일 똑같은 형식으로 치르지 않으면 안 될
단조로운 그 동작에 그만 울적하고 만다. 그렇다고 마다할 수
도 없는 일, 남의 일이나 해주는 듯이 찌르퉁히 뒤를 까고 앉
아 "애, 오늘 눈 오겠니?" 하고 입버릇같이 늘 하는 소리를

또 물어본다. 조카는 미닫이를 열고 천기를 이윽히 뜯어본다. 삼촌에게 실망을 주지 않고자 하여 자세히 눈의 모양을 찾아보는 것이나 요즘 일기는 너무도 좋았다.

"망할 날 같으니 구름 한 점 없네."

이렇게 혼자서 쓸데없는 불평을 토하다가는 "오늘도 눈은 안 오겠어요" 하고 풀죽은 대답이었다.

눈이 내리는 걸 바라보는 것은 요즘 나의 유일한 기쁨이었다. 눈이 내린다고 내 마음에 별 소득이 있을 것도 아니다. 눈이 내리면 다만 검은 자리가 희게 되고, 마른 땅에 얼음이 얼어붙으면 그뿐이다. 요만한 변동이나마 자연에서 찾아보려는 가냘픈 욕망임에 틀림없으리라.

이렇게 기다리고 보니 눈도 제법 내려주질 않는다. 이제나 저제나 하고, 이불 속에 누워 눈만 멀뚱멀뚱 굴리고 있는 것이다. 아침나절에는 눈이 곧바로 내릴 듯이 날이 흐려들다가도 슬그머니 비켜지고 마는 건 애타는 노릇이었다. 20여 일 전에 눈발 좀 날리고는 그 후에는 싹도 없다.

날이 흐리기를 초조히 기다리며 미닫이께를 뻔질 쳐다본다. 그러다 앞집 용마루를 넘어 해는 어느덧 미닫이에 퍼지고 만다. 제길 왜 이리 밝은가 빌어먹을 햇덩어리 깨지지도 않으려나. 까닭 없이 홀로 역정을 내다가도 불현듯 또 한 걱정이 남아 있음을 깨닫는다.

자고 나면 낯을 씻는 것이 사람들은 좋은 일이란다. 나도 팔을 걷고는 대야 앞에 쭈그리고 앉지 않을 수 없다. 그리고 이 손으로 물을 찍어다 이마에 붙이고는 이 생각이요 저 손으로 콧등에 물을 찍어다 붙이고는 저 생각이다. 이리하여 세수 한 번에 30, 40분, 잘못하면 한 시간도 넘는다.

간신히 수건질을 하여 저리 던지고 이불 속으로 꾸물꾸물 기어들려니 "아주 아침 좀 잡숫고 누우시지요" 하고 성급한 명령이다. 그래도 고역이 또 한 가지 남은 것이다. 밥이 참으로 먹고 싶지가 않다마는 그러자면 먹지 못하는 이유를 이리 저리 둘러대야 할 테니 귀찮다. 다시 뭉싯뭉싯 일어나 상전에다 턱을 받혀놓는다. 조카는 이것저것 내 비위에 맞을 듯싶은 음식을 코밑에다 끌어 대어준다. 그러면 나는 젓가락을 받쳐 들고 지범지범(체면도 없이 음식물 따위를 자꾸 집어 거두거나 먹는 모양) 들어다가는 입속에 넣어 명색만이라도 조반을 치르는 것이다. 이렇게 밥을 먹는 것에까지 권태를 느끼게 되면 사람은 족히 버렸다.

눈을 감고 움질움질 새김질을 하고 있다가 문득 생각나는 것이 있어 문밖에서 불을 피우고 있는 형수에게 "오늘 편지 없어요?" 하고 물어본다. 그도 그제야 생각난 듯이 아까 대문간에서 받아 두었던 엽서 몇 장을 방 안으로 들이민다. 좋다, 반갑다. 편지를 받는 것은 말할 수 없이 반가운 일이다. 하나씩 하나씩 정성스레 뒤적거린다.

연하장, 연하장, 원고 독촉장. 아따 아무것이라도 좋다. 하얀 빈 종이가 날아왔대도 이때 내게는 넉넉히 행복을 갖다 줄 수 있다. 밥 한술 떠 넣고는 다시 뒤져보고, 또 한술 떠 넣고는 또 한 번 뒤져본다. 새해라고, 그러니 병을 그만 앓으련다. 흥, 실없는 소리도 다 많고, 언제 해가 바뀌었다고 나도 모르는 새 해가 바뀌는 수도 있는가. 공연스레 화를 내어 방 한구석으로 엽서를 내동댕이치고 나니, 느린 식사에 몸은 이미 기진하고 말았다.

식후 30분 내지 한 시간에 일시(一匙, 한 숟가락)씩 복용하라는 태전위산이다. 상에서 물러앉아 한 네댓 숟갈 되는 대로 넣고는 황황히 이불 속으로 파고든다. 꿀꺽, 꿀꺽. 위산을 먹고는 시원스레 트림이 나와야 먹은 보람이 있단다. 아니 나오는 트림을 우격다짐으로 꿀꺽, 꿀꺽. 이렇게 애를 키다가는 이건 또 웬일인가, 갑작스레 아이고 배야. 아랫배를 쥐어뜯는 복통으로 말미암아 이마에 진땀이 내솟는다. 냉수에 위산을 먹었더니 아마도 거기에 체했나 보다. 아이고 배야, 배야. 다시 일어나 온탕에 영신환 10여 개를 구겨 넣고는, 이번에는 이불 속에서 가만히 엎드려본다.

식후 즉시로 이렇게 눕는 것도 결코 위생적이지는 못 된다. 허나 아무래도 좋다. 건강만으로 살 수 있는 이 몸이 아니니까 당장 햇빛만 보지 않으면 된다.

나에게 낮은 큰 원수였다. 정 낮이 되어 오면 태양은 미닫이의 전폭을 점령해 들어온다. 망할 놈의 태양. 쉴 줄도 모르느냐. 미닫이를 향해 막을 가려치고 그리고 이불을 둘러쓰고 눈을 감고 이렇게 어둠으로 파고든다마는 빛이란 그리 쉽사리 막히는 것이 아니다. 눈꺼풀로 희미한 광선을 느끼고는 입맛을 다시며 이마에 주름을 잡는다.

다시 따져보면 나는 넉넉지 못한 조카에게 와 폐를 끼치고 있는 신세였다. 늘 그 은혜를 감사해야 할 것이요 그 앞에 온순해야 할 것이다. 허나 나는 요즘으로 사람이 더욱 싫어졌다. 형수도, 조카도, 아무도 보고 싶지가 않다. 사람을 보면 발광한 개와 같이, 그렇게 험악한 성정을 갖게 되는 자신이 딱했다. 윗목 쪽으로 사람 하나 누울 만치 터전을 남기고는 서방으로 뼁 돌리어 장막을 가려치고 말았다. 이것이 혹은 그들을 불쾌하게 했을지도 모른다. 그러나 은혜가 은혜이면 내가 싫은 건 싫은 것이다. 언제나 주위에 압증을 느낄 적이면 나는 이렇게 막을 둘러치고 그 속에 깔아 놓은 이불로 들어가 은신하고 마는 것이다. 이만하면 낮도 좋고 밤도 좋다.

눈에 비치는 형상은 임의로 했거니와 귀로 들어오는 음향은 무엇으로 막을 것이냐. 이불을 끌어 올려 두 귀를 덮어보나 그 역시 헛수고다. 모든 잡음은 얼굴 위로 역력히 들려오지 않는가. 자동차 소리, 전차 소리, 외치는 행상들의 목 쉰 소리, 안집 아이들의 주책없이 지껄이는 소리도 듣기 싫거니와 서로 투덜거리고 찍찍대는 여기에는 짜증 귀 아파 견디지 못하겠다. 허나 그것도 좋다 하자. 입에 칼날 품은 소리로 "아니 여보, 오늘내일 오늘내일 밀어만 갈 테요?" 하는 월수쟁이 노파의 악성에는 등줄기가 다 선뜩하다. 뻔질 이사를 다니기에 빚을 져 놓고 갚기가 쉽지 않다. 물론 갚지 않는 것이 아니라 갚지 못한다. 형수는 한참 훅닥이다가(잔소리나 까다로운 요구를 하며 귀찮게 대들다가) 종당에는 넉넉지 못한 그 구변으로 "돈이 없는 걸 그럼 어떡해요?" 하고 그대로 빌붙는 애소였다.

"그렇게 남의 빚이란 무서운 거야, 애햄! 애햄!"

이것은 주인마누라의 비지 먹다 걸린 목성이었다. 그는 물론 이 월수에 대해 알 바 없다. 허나 월세 한 달치를 받지 못하는 것에 잔뜩 품어두었던 감정이 요런 때 상대의 강점을 보아 슬그머니 머리를 드는 것이다. 이렇게 되면 형수는 두 악바리에게 여지없이 시달리고 섰다. 자기의 의견 한마디 버젓이 표현하지 못하고 얼굴이 벌거니 서 계실 형수를 생각하니 이불 속에 틀어박은 내 얼굴마저 화끈 달아오르는 것이다.

아이고 귀야, 귀야, 귀야. 월수쟁이를 모조리 붙들어다 목을 비는 수가 없을런가, 아이고 참으로 듣기 싫다, 하지만 아무래도 좋다. 저들이 뜯어먹기밖에는 더 하지 못하리니 음 음 음 신음소리를 높여, 앞으로 몰려드는 잡음에 굳이 저항하련다. 하기야 몸이 아프지 않은 것도 아니다. 여섯 달 동안이나 문밖출입을 못 하고 한자리에 누워 있는 몸이매 야윌 대로 야위었다. 인제는 온 전신의 닿는 곳마다 쑤시고 아프다. 드러누웠으면 기침이 폭발하고 그렇다고 앉자니 치질이 괴롭다.

그렇더라도 먹은 것이 소화만 잘되어도 좋겠다. 푹 달인 죽을 한 보시기쯤 먹고도 끌꺽 끌꺽 하고 한종일 부대끼지 않는가. 이까짓 명쯤에 그래 열이 벌컥 올라서 그저께는 고기를 사다가 부실한 창자에 함부로 구겨 넣었다. 그리고 이제 하루를 일수 설사로 몸이 착 까부라지고 말았다. 아직도 그 여파로 속이 끓는다. 아랫배가 꼿꼿한 것이 사르르 아파들 온다.

"재…… 약 좀……."

그러면 설사를 막는 산약과 함께 한 그릇의 밀즙이 막 틈으로 들어온다. 그것을 받아 들고 그리 허둥지둥 먹지 않아도 좋으련만 성이 가신 생각에 한숨에 훌쩍, 빈 그릇을 만들어서는 밖으로 도로 내보낸다. 그리고 다시 자리에 누워 손으로 기침을 막아가며 공손히 잠을 청해본다. 우울할 때, 귀찮을 때, 슬플 때, 아플 때 다만 잠만이 신교한 결과를 가져올 수 있으리라. 그러나 잠이란 좀체 어떻게 해보기 어려운 권외 사람의 행복일지도 모른다. 눈을 멀뚱히 뜨고는 가장잠이나 자는 듯싶게 그대로 누워 있는 것이다.

저녁이 되어 오면 모든 병이 머리를 들기 시작한다.

시간을 보지 않아도 신열이 올라 오한으로 뼈끝이 쑤셔 올 때면 그것은 틀림없는 저녁이다. 오한에는 도한이 따른다. 도한을 한 번 쑤욱 흘리고 나면 몸은 풀이 죽는다. 삼복더위에 녹아 붙은 엿가락 같기도 하고 양춘에 풀리는 잔설 같기도 하다. 이렇게 근력을 잃고 넋 없이 늘어져 있노라면

"작은아버지, 저녁 다 드셔요."

조카가 막 밖에 와서 가만히 귀를 기울인다. 그는 행여나 나의 기분을 상하게 할까 하여 음성마다 주의를 게을리하지 않았다. 어쩌면 그는 삼촌 숙부인 나를 격외의 괴물로 여겼는지도 모른다. 때때로 언짢은 표정을 지어가지고 살금살금 내 눈치를 살펴보고 하는 것이다.

계집애이니만치 잔상도 하려니와 요즘 내 병으로 인해 그는 몇 달 동안을 학교도 가지 못했다. 그리고 뒤를 받아내랴, 세수를 씻겨주랴, 탕약을 달여오랴, 이렇게 남다른 적심으로 구구히 간호해준다. 그의 성의만으로도 넉넉히 병이 나았으련만 왜 이리 끄느냐. 내 조카는 참으로 고맙다. 이 병이 나으면 나는 그에게 무엇으로 이 은혜를 갚을 터인가. 가끔 이 생각에 홀로 잠기다가도 급기야 너무도 무력한 자신을 쓸쓸히 냉소해 던지지 않을 수 없는 것이다. 그 대신에 내 조카의 분부면 그렇게 하지 않아도 좋을 수 있는 이유를 갖고라도 그대로 잠잠히 순종하고 하는 것이다. 이것이 그 은혜를 생각하는 나의 유일한 보답이겠다.

오한 뒤의 밥맛이란 바로 모래 씹는 맛이었다. 그러나 조카의 명령이라는 까닭만으로 꿈에서 기어 나오면 방 한복판에 어느덧 저녁상이 덩그렇게 놓여 있다.

밥을 먹는 것은 진정으로 귀찮다. 어떻게 먹지 않고 사는 도리가 없는가. 이런 궁리를 해가며 눈을 감고 앉아 꾸역꾸역 떠 넣는다. 그러다 옆을 돌아보면 조카는 나의 식사 행동에 어이가 없었음인지 딱한 시선으로 이윽히 바라보고 있었다.

이렇게 해서 근근이 저녁을 때우고 궐련 하나를 피우고 나면 이럭저럭 밤이 든다. 밤, 밤, 밤이 좋다. 별이 좋은 것도 아니요 달이 좋은 것도 아니다.

그믐칠야의 캄캄한 밤 그것만이 소용된다. 자정으로 석 점까지 그 시간에야 비로소 원고를 쓸 수 있는 것이 나의 버릇이었다. 그때는 주위의 모든 것이 잠이 들어 있다. 두 주먹 외의 아무것도 없고, 게다가 몸이 병들어 건강마저 잃은 내게도 이 시간만은 극히 귀중한 나의 소유였다. 자정을 넘으며 비로소 정신을 얻어 아직도 살아 있는 자신을 깨닫는다. 이만 하며 원고를 써도 되겠지, 원고를 책상 앞에 끌어다 놓고 강제로 펜을 든다. 홀홀히 부탁을 받고, 몇 장 쓰다 두었던 원고였다. 한 서너 장 계속하여 쓰고 나면 두 어깨가 앞으로 휘어든다.

그리고 가슴속에 힘없이 먼지가 끼인 듯이 매캐하고 답답해 들어온다. 기침 발작의 전조. 미리 예방하고자 펜을 가만히 놓고 냉수를 마셔본다. 심호흡을 해본다. 궐련을 피워본다. 그러다 황망히 터져 나오는 기침을 어쩔 수 없어 쿨룩거리다가는, 결국에는 그 자세에 바로 늘어지고 만다. 어구머니 가슴이야, 이 가슴속에 무엇이 들었는가. 날카로운 칼로 한번 뼈개나 볼는지.

몸이 아프면 아플수록 나오니 어머니의 생각. 허나 없기를 다행이다. 그는 당신이 낳아 놓은 자식이 이토록 못생기게 될 줄은 꿈에도 생각하지 못하고 편히 잠드셨나. 만일에 내 이 꼴을 보신다면 응당 그는 슬프려니. 하면 없기를 불행 중 다행이다. 한숨을 휘, 돌리고 눈에 고였던 눈물을 씻을 때는 기침에 욕을 볼 대로 다 본 뒤였다. 웅크리고 앉아 다시 궐련에 불을 붙이자니 이게 웬일인가. 설사가 나올 때도 되었을 텐데 입때 무사한 것이 암만해도 수상쩍다.

변비가 된 것이 아닐까. 아까 설사 막힌 약을 먹은 것이 몹시 후회가 난다. 변비, 변비, 무서운 변비. 치질에 변비는 극히 위험하다. 치루로 말미암아 여섯 달째 고생을 해오는 나이니만치 만의 하나를 염려하지 않을 수 없고 종내는 하제 '락사톨' 한 알을 입에 넣을 때까지 마음이 놓이지를 않는다. 이

걸 먹었으니 내일 아침에는 설사가 터질 것이다. 한 번 터지면 줄대어 나올 터인데 그럼 그다음에는 무슨 약을 먹어야 옳은지…….

이러다 보니 시계는 석 점이 훌쩍 넘었다. 눈알은 보송보송하니 잠 하나 올 듯싶지 않고. 머지않아 먼동이 틀 것이다. 해가 뜰 것이다.

그럼 내일 하루는 무엇으로 보내는가?

탈출을 계획하는 옥중의 죄인과도 같이 한껏 긴장되어 선후책을 강구한다.

밝는 날 이 땅에 퍼질 광선의 위협을 느끼며…….

내일 하루를 무엇으로 보내는가?

- 《조선일보》, 1937년 1월 29~2월 2일

병상의 생각

사람!

사람!

그 사람이 무엇인지 알기가 극히 어렵습니다. 당신이 누구인지 내가 모르고, 내가 누구임을 당신이 모르는 이것이 혹은 마땅한 일일지도 모릅니다. 나와 당신이 언제 보았다고, 언제 정이 들었다고 감히 안다 하겠니까. 그러면 내가 당신을 한 개의 우상으로 숭배하고, 그리고 나의 모든 채색으로 당신을 분식(粉飾, 겉을 그럴싸하게 꾸밈)했던 이것이 또한 무리 아닌 일일지도 모릅니다.

이것이 물론 나의 속단입니다. 허나 하여간 이런 결론을 얻은 것으로 쳐두겠습니다.

나는 당신을 진실로 모릅니다. 그러기에 일면식도 없는 당신에게, 내가 대담히 편지를 했고, 매일같이 그 회답이 오기를 충성으로 기다렸던 것입니다. 다 내 편지가 당신에게 가서 얼마만 한 대접을 받는가, 얼마큼 이해될 수 있는가, 거기 관해 일절 괘념해본 일이 없었습니다. 그러던 차 당신에게서 편지를 보내시는 이유가 어느 곳에 있으리오.

이런 질문이 왔을 때 나는 눈알을 커다랗게 뜨지 않을 수 없었습니다. 당장에 나는 당신의 누구임을 선뜻 본 듯도 싶었습니다.

우리는 사물을 개념할 때 하나로 열을 추리하는 것이 곧 우리의 버릇입니다. 예전 우리의 선배가 그러했고 또 오늘 우리와 같이 살고 있는 모든 사람이 그러합니다. 내가 그 질문으로 하여금 당신의 모형을 떠온 것이 결코 그리 큰 잘못은 아닐 것입니다.

나는 당신을 실로 본 듯도 했습니다. 내 편지 몇 통에 간신히 (그 이유가 어느 곳에 있으리오) 이것이 즉 당신입니다. 그리고 나는 그 배후의 영리하신 당신의 지혜를 보았습니다. 당신은 내게서 연모라는 말을 듣고 싶었고, 겸해 거기 따르는 당신의 절대가치를 행사하고 싶었던 것입니다. 그러나 나는 당신의 요구에서 좀 먼 거리에 있는 자신을 보았습니다.

우울할 때, 고적할 때, 혹은 슬플 때 나는 가끔 친한 동무에게, 나를 이해해줄 수 있는 동무에게 편지를 씁니다. 허나 그 것은 동성끼리의 거래가 아니냐고 탄할지도 모릅니다. 그러면 나는 몸이 아플 때, 저 황천으로 가신 어머님이 참으로 그리워집니다. 이건 무엇으로 대답하시렵니까. 모자지간의 할 수 없는 천륜이매 이와는 또 다르다 하시겠습니다. 그럼 여기에 또 한 가지 좋은 실례가 있습니다. 우리는 마음이 울적할 때 벙싯벙싯 웃기는 옆집 애기를 가만히 들여다보다가는 저마저 방싯 하고 맙니다. 이것은 어쩐 이유겠습니까.

다시 생각하면 우리가 서로서로 가까이 밀접하느라 애를 쓰는 이것이 또는 그런 열정을 필연적으로 갖게 되는 이것이 혹은 참다운 인생일지도 모릅니다. 동시에 궁박한 우리 생활을 위해 이제 남은 단 한 길이 여기에 열려 있음을 조만간 알 듯도 싶습니다. 그것은 마치 우리 머리 위에 늘려 있는 복잡한 천체, 그것이 제각기 그 인력에 견연(牽連, 서로 끌어당김)되어 원만히 운용되어 갈 수 있는 것에 흡사하다 할는지요. 그렇다면 이 기능을 실지 발휘하는 것으로 언어를 실어가는 편지의 사명이라 하겠습니다. 그러나 그는 아무래도 좋습니다.

이것이 나의 본뜻은 아니로되, 다만 당신에게 실망을 주지 않기로 단출히 연모한다 했습니다. 그리고 그때 갑작스레 공중으로 여남은 길씩이나 치올려 뜨신 당신의 태도를 보았습니다. 나는 또다시 눈알이 커다랗게 구르지 않을 수 없었습니다. 여성이란 자기 자신이 남에게 지극히 연모되어 있음을 비로소 느꼈을 때, 어쩌면 그렇게 무작정 올라만 가려는지 부질없는 탄식이 절로 나옵니다.

그러나 나는 당신 하나를 보는 것으로 모든 여성을 그 틀에 규정해서는 안 될 것입니다.

이것이 물론 당신에게 실례가 될 것입니다마는 나는 서슴지 않고 당신을 이렇게 생각해보았습니다.

― 근대식으로 제작되어진 한 덩어리의 예술품 ―

왜 내가 당신을 하필 예술품에 비했는가, 그 까닭을 아시고 싶을지도 모릅니다마는 여기서 별반 큰 이유가 있을 것도 아닙니다.

내가 당신에게 편지를 쓰든 그 동기를 따져보면 내가 작품을 쓸 때의 그 동기와 조금도 다름이 없습니다. 만일 그때 그 편지를 쓰지 않았더라면 혹은 작품 하나를 더 갖게 되었을지도 모릅니다. 이것이 무슨 소리인지 당신에게 잘 소통되지 않을 것입니다. 그렇다면 따로 얼른 이해하기 쉬운 이유를 드는 것이 옳을 듯싶습니다.

연애는 예술이라던 당신의 그 말씀, 연애로 하여금 인류 상호 결합의 근본 윤리로 내보인 나의 고백을 불순하다 했고 더나아가 연애는 연애를 위한 연애로 하되 행여나 다른 부조건이 따라서는 안 되리라 그 말씀이 더 큰 이유가 될는지도 모릅니다. 나는 당신의 이 말씀을 듣고 전후 종합해 문득 생각나는 무엇이 있었습니다. 현재 우리 사회의 일부를 점령하고 있는 예술을 위한 예술이 즉 그것입니다.

그러나 사실에 없는 일을 내 생각만으로 부합시킨 것이 아닐 듯싶습니다. 실지에 있어, 그들과 당신은 똑같이 유복한 환경에서 똑같은 궤도를 밟아 왔기 때문입니다. 물론 이쪽이 저쪽의 비위를 맞춰가며 기생되어 가는 경우도 없지는 않습니다. 그러나 당신은 학교에서 수학을 배웠고, 물리학을 배웠고, 화학을 배웠고, 생리학을 배웠고, 법학을 배웠고, 그리고 공학, 철학 등 모든 것을 충분히 배운 사람의 하나입니다. 다시 말하면 놀라울 만치 발달한 근대 과학의 모든 혜택을 골고루 즐겨오는 그 사람들의 하나입니다. 그렇다면 당신은 근대 과학을 위해 그 앞에 나아가 친히 예하여, 참으로 친히 예하여 그 영예를 감하지 않아서는 안 될 것입니다. 왜냐면 과학이란 그 시대, 그 사회에 있어 가급적 진리에 가까운 지식을 추출해 우리의 생활로 하여금 광명으로 유도하는 곳에 그 사명이 있을 것입니다. 나는 여기에서 또 하나 생각하지 않을 수 없게 됩니다. 그럼 근대 과학이 우리들의 생활과 얼마나 친근했던가, 이것입니다. 이 대답으로 나는 몇 가지의 예를 들어 만족할밖에 없습니다.

근대 과학은 참으로 놀라울 만치 발달되어 갑니다. 그들은 천문대를 세워 놓고, 우리가 눈앞에서 콩알을 고르듯이 천체를 뒤져봅니다. 일생을 바쳐 눈코 뜰 새 없이 지질학을 연구합니다. 천풍으로 타고난 사람의 티를, 혹은 콧날을 임의로 늘이고 줄입니다. 건강한 혈색을 창백히 만들고서 조석을 피하고 애를 키웁니다. 지저깨비로 사람을 만들어 써먹느라 괜스레 속을 태웁니다. 소리 없이 공중으로 떠보고자 해서 그 실험에 떨어져 죽습니다. 두더지같이 산을 파고 들어가 금을 뜯어내다가 몇십 명이 그 속에 없는 듯이 묻힙니다. 물속으로 쫓아가 군함을 깨뜨리고 광선으로 사람을 녹이고, 공중에서 염병을 뿌리고 참으로 근대 과학은 놀라울 만치 발달되어 있습니다.

이러한 고급 지식이 우리 생활의 어느 모로 공헌되어 있는가, 당신은 이걸 아십니까. 내가 설명하지 않아도 당신은 언뜻 그것을 이해해야 될 것입니다. 과학자 자신, 그들에게 불만을 묻는다면 그 대답이 취미의 자유를 말할 것이고, 더 이어 과학에 있어 연구 대상은 언제나, 그들의 취미 여하에 의해 취택할 수 있다 할 것입니다. 다시 말하면 과학을 위한 과학의 절대성을 해설하기에 그들은 너무도 평범한 태도를 취할 것입니다.

과학에서 얻은 진리를 이지권 내에서 감정권 내로 옮기고, 그것을 대중에게 전달하는 것이 예술이라면 그럼 우리는 근대 과학에 기초를 둔 소위 근대 예술이 그 무엇인가를 얼른 알 것입니다. 예술, 해도 내가 종사하는 그 일부분, 문학에 관해 보는 것이 편할 듯싶습니다. 우선 꽤 많이 물의(物議, 이러니저러니 하는 논의나 평판)되어 있는 신심리주의 문학부터 캐보기로 하겠습니다.

예술의 생명을 잃은 그들에게 가장 중요한 간판으로 되어 있는 것이 그 형식, 즉 기교입니다마는 오늘 그들의 기교란 어느 정도까지 모든 가능을 보이고 있습니다. 여기에서 그들이 더 나갈 길은 당연히 괴벽해진 그 취미와 병행해야 예전보다도 조금 더 악화된 지엽적 탈선입니다. 그들은 괴망하게도 치밀한 묘사법으로 인간 심리를 내공(內攻)해, 이내 산사람으로 하여금 유령을 만들어 놓는 것으로 그들의 자랑을 삼습니다. 이 유파의 태두로 지칭되어 있는 제임스 조이스의 《율리시즈》를 한 번 읽어보면 넉넉히 알 수 있을 것입니다. 우리가 그에게 새롭다는 존호를 붙여 대우는 했으나, 다시 뜯어보면 그는 고작 에밀 졸라의 부속품에 더 지나지 않음을 알 것입니다. 졸라의 걸작인 《나나》는 우리를 재웠고, 그리고 조이스의 대표작 《율리시스》는 우리로 하여금 하품을 연발시키고 있는 것입니다. 말하자면 그는 졸라와 같은 흥기로 한 과오를 양면에서 범하고 있는 것입니다.

어느 누구는 예술의 목적이 전달에 있는가, 표현에 있는가, 하고 장히 비슷한 낯을 하는 이도 있습니다. 이것은 마치 사람이 먹기 위해 사는가, 살기 위해 먹는가, 하는 이 우문에 지나지 않습니다. 표현이야 원래 전달을 전제로 하고야 비로소 그 생명이 있을 것입니다. 다시 말하면 그 결과에 있어 전달을 예상하고 계략(計略)해 가는 그 과정이 즉 표현입니다.

그러나 오늘 문학의 표현이란 얼마나 오용되어 있는가를 내가 압니다. 그들이 갖은 노력을 경주한 치밀한 그 묘사가 언뜻 보기에 주문의 명세서나 심리학 강의, 좀 대접해 육법전서의 조문 해석 같은 지루한 그 문자만으로도 넉넉히 알 수 있으리다. 예술이란 자연의 복사만도 아니려니와 또한 자연의 복사란 그리 쉽사리 되는 것도 아닙니다. 그렇게도 사실적인 사진기로도 그 완벽을 기하지 못하겠거늘, 하물며 문자만으로 우리 인간의 복사란 너무도 심한 농담인 듯싶습니다.

좀 더 심악한 것은 예술을 위한 예술을 표방하고 함부로 내닿는 작가입니다. 이것은 바로 당신의 연애를 위한 연애와 조금도 다를 곳 없는 것이니 길게 설명하지 않아도 좋을 것입니다. 그들은 썩 호의로 보아 중학생의 일기문 같은 작품을 내어놓고, 그리고 예술지상주의의 미명으로 그것을 알뜰히 미봉하려 드는 여기에는 실로 웃지 못할 것이 있을 줄 압니다. 그들의 생각에는 묘사의 대상 여하를 물론하고, 또는 수법의 방식 여하를 물론하고 오로지 극도로 뻗힌 치밀한 기록이면 기록일수록 더욱더 거기에 문학적 가치가 있는 것입니다. 이것은 그 작품이 예술품이라기보다는 먼저 그 자신이 정말 예술가가 아님을 말하는 것에 더 나오지 못합니다. 마치 그 연애가 사랑이 아니라기보다는 먼저 당신 자신이 완전한 사람이 아닌 것과 비등할 것입니다. 당신이 화려한 그 화장과 고급적인 그 교양을 남에게 자랑할 때 그들은 자기의 작품이 얼마나 예술적인가, 다시 말하면 인류 생활과 얼마나 먼 거리에 있는가를 남에게 자랑하고 있는 것입니다. 그 결과는 애매한 콧날을 잡아 늘리기도 하고, 또는 사람 대신에 기계가 작품을 쓰기도 하고 하는 것입니다. 그러므로 그들에게 예술가적 열정이 적으면 적을수록 좀 더 높은 가치의 예술미를 갖게 되는 것입니다.

예술가에게는 예술가다운 감흥이 있고 그 감흥은 표현을 목적하고 설레는 열정이 따릅니다. 이 열정의 도(度)가 강하면 강할수록 비례로 전달이 완숙해가는 것입니다. 그리고 예술이란 그 전달 정도와 범위에 따라 그 가치가 평가되어야 할 것입니다.

기계에는 절대로 예술이 자리를 잡는 법이 없습니다. 예술가란 학교에서 공식적으로 두드려 만들 수가 없다는 말이 혹은 이를 두고 이름인지도 모릅니다.

그들은 모든 구실이 다했을 때 마지막으로 새롭다는 문자를 번쩍 들고나옵니다. 그러나 그 의미가 무엇인지, 그들의 설명만으로는 도저히 이해하기가 어렵습니다. 새롭다는 문자는 다만 시간과 공간의 전환에만 그칠 것이 아니라, 좀 더 나아가 우리 인류 사회에 적극적으로 역할을 가져오는 데 그 의미를 두어야 할 것입니다. 얼른 말하면 제임스 조이스의 《율리시스)보다는, 저 봉건시대의 소산이던 〈홍길동전〉이 훨씬 뛰어나게 예술적 가치를 띠고 있는 것입니다.

그러면 당신은 여기에서 오늘의 예술이라는 것이 무엇인가를 자세히는 않으나마 얼추 알았으리라 생각합니다. 따라서 당신의 연애는 예술이라니, 혹은 연애는 결코 불순하지 말지로되 다만 연애를 위한 연애로 하라니, 하던 그 말이 어디다 근저를 두고 나온 사랑인가도 대충 알았으리라 생각합니다. 겸해 근대 예술이 기계의 소산인 동시에, 당신이라는 그 인물이 또한 기계로 빚어진 한 덩어리의 고기임을 충분히 알리라고 생각합니다.

– 근대식으로 제작되어진 한 덩어리의 예술품 –

내가 이렇게 당신을 불렀던 것도 얼마쯤 당신을 대접하는 것으로 알아야 될 것입니다. 당신은 행복인 듯싶게 불행한, 참으로 불행한 사람의 하나입니다. 자기의 불행을 모르고 속없이 쥐어짜는 사람을 보는 이만치 더 딱한 일은 없을 듯합니다. 육도풍월(肉桃風月, 글자를 잘못 써서 이해하기 어려운 한시를 이르는 말)에 날 새는 줄 모르는 그들과 한가지로, 요지경 바람에 해지는 줄 모르는 당신입니다.

당신에게는 생명이 전혀 없습니다. 그 몸에서 화장과 의장,

혹은 장신구를 벗겨내고 보면 거기에 남는 것은 벌건, 다만 벌건, 그렇고도 먹지 못하는 한 육괴(肉塊, 덩어리로 된 짐승의 고기)에 더 되지 않을 것입니다.

그러나 재삼 숙고해볼진대 당신은 슬퍼할 것이 없을 듯싶습니다. 왜냐면 당신이 완전한 사람이 되고 되지 못하고는 앞으로 당신이 가질 그 노력 여하에 달렸기 때문입니다.

오늘은 순전히 어지러운 난장판일 줄 압니다마는 불행 중에도 행이랄까, 한쪽에서는 참다운 인생을 탐구하기 위해 자기 몸까지도 내어버리는 아름다운 희생이 쌓여 감을 우리가 봅니다. 이런 시험이 도처에 대두되어 가는 오늘날 우리가 처할 길은 우리 머릿속에 틀지어 있는 그 선입관부터 우선 두드려내야 할 것입니다. 그리고 나서 새로이 눈을 떠, 새로운 방법으로 사물을 대해야 할 것입니다.

그러나 그 새로운 방법이란 무엇인지 나 역시 분명히 모릅니다. 다만 사랑에서 출발한 그 무엇이라는 막연한 개념이 있을 뿐입니다. 사랑, 하면 우리는 부질없이 예수를 연상하고 또는 석가여래를 곧잘 들추어냅니다. 허나 그것은 사랑의 일부 발현은 될지언정 사랑 거기에 대한 설명은 되지 못할 것입니다.

그 사랑이 무엇인지 우리는 전혀 알 길이 없습니다. 우리가 보았다는 그것은 결국 그 일부 일부의 극히 조그만 그 일부의 작용밖에는 없습니다. 그리고 다만 한 가지 믿어지는 것은 사랑이란 어느 시대, 어느 사회에 있어, 좀 더 많은 대중을 우의적으로 한 끈에 꿸 수 있으면 있을수록 거기에 좀 더 위대한 생명을 갖게 되는 것입니다.

오늘 우리의 최고 이상은 그 위대한 사랑에 있는 것을 압니다. 한동안 그렇게도 소란히 판을 잡았던 개인주의는 니체의 초인설, 맬서스의 인구론과 더불어 머지않아 암장될 날이 올 것입니다. 그보다는 크로포트킨의 상호부조론이나 마르크스의 자본론이 훨씬 새로운 운명을 띠고 있는 것입니다.

다시 말하면 나는 여자에게 염서(艶書) 아닌 엽서를 쓸 수가 있고, 당신은 응당 그 편지를 받을 권리조차 있는 것입니다. 내 머리에는 천품으로 뿌리 깊은 고질(痼疾)이 배겨 있습니다. 그것은 사람을 대할 적마다 우울해지는, 그래서 사람을 피하려는 염인증(厭人症)입니다. 그 고질을 손수 고쳐보고자 팔을 걷고 나온 것이 곧 현재의 내 생활이요, 또는 허황된 금점(金店, 금을 캐내는 광산)에서 문학으로 길을 바꾼 것도 그 이유가 여기에 있을 것입니다. 내가 문학을 함은 내가 밥을 먹고, 산보를 하고, 하는 그 일용생활과도 같은 동기요, 같은 행동입니다. 말을 바꾸어 보면 나에게 있어 문학이란 내 생활의 한 과정입니다.

그러면 내가 만일에 당신에게 편지를 쓰지 않았더라면 그 시간에 몇 편의 작품이 생겼으리라는 그 말이 무엇인가도 충분히 아실 줄로 생각합니다.

그렇다고 내가 당신을 업신여긴 기억은 없습니다. 만일 그렇게 생각하신다면 그것은 당신을 위해 슬픈 일임에 틀림없을 것입니다. 나는 다만 그 위대한 사랑이 내포되지 못하는 한 오늘의 예술이 바로 길을 들 수 없고, 당신이 그것을 모르는 한 당신은 그 완전한 사람을 이내 모르고 말리라는 그것에 지나지 않을 것입니다.

그럼 그 위대한 사랑이란 무엇일까. 이것을 바로 찾고 찾지 못하고에 우리 전 인류의 여망(餘望, 남아 있는 희망)이 달려 있음을 우리가 잘 보았습니다.

– 《조광》, 1937년 3월

네가 봄이런가

내게는 아침이고 저녁이고 구별이 없는 것이다. 왜냐면 나는 수면을 잃어버린 지 이미 오래되었다. 밤마다 뒤숭숭한 몽마의 조롱을 받는 것으로 그날그날의 잠을 때운다. 그러나 이나마 내가 맞추지 않아서는 아니 되리라. 제때가 돌아오면 굴복한 죄인과도 같이 가만히 쓰러져서 처분만 기다린다.

이렇게 멀뚱히 누워 있노라니 이불 속으로 가냘픈 콧노래가 나직하게 흘러든다. 노래란 가끔 과거의 미적 정서를 재현시키는, 극히 행복한 추억이 될 수 있다. 귀가 번쩍 뜨여 나는 골똘히 경청한다. 그러나 어느덧 지난날의 건강이 불시로 그리워짐을 깨닫는다. 머리까지 뒤집어쓴 이불을 주먹으로 차 던지며

"지금 몇 시냐?" 하고 몸을 일으킨다.

"열점 사십 분이야요."

그러면 나는 세 시간 동안이나 잠과 씨름을 했는가. 이마의 진땀을 씻으며 속의 울분을 한숨으로 꺼본다. 그리고 벽을 향해 눈을 감고는 덤덤히 앉아 있다.

"가슴이 아프셔요?"

"으응" 하고 그쪽으로 고개를 돌리니 내 조카는 오랜만에 얼굴의 화색이 보인다. 고대 들려온 콧노래도 아마도 그의 기쁨인 양 싶다. 웬일인가 하고 어리둥절해 아하, 오늘이 설이구나, 설. 설, 설은 어릴 적의 모든 기쁨을 가져온다. 나는 가슴 속에서 제법 들먹거리는 무엇이 있는 듯싶다. 오늘은 설이라는 그것만으로 내 생활에 변동이 있을 듯싶다.

조카가 먹여주는 대로 눈을 감고 앉아서 그럭저럭 아침을 치른다. 설, 설은 새해의 첫날이다. 지금 내게는 새것이라는 그것이 여간 큰 매력을 갖지 않았다. 새것, 새것이 좋다.

새 정신이 반뜩 미닫이를 활짝 열어젖힌다. 안집 어린애들의 울긋불긋한 호사가 좋다. 세배주에 공으로 창취한 그 잡담도 좋다. 사람뿐만 아니라 날씨조차 새로워진 것 같다. 어제 내렸던 백설은 흔적도 없다. 앞집 처마 끝에는 물기만이 지르르 흘러 있다. 때때로 뺨을 지나는 미풍이 곱기도 하다. 그런데 이 향기는, 분명히 이 향기는……. 그러다 나는 그만 가슴이 덜컥 내려앉고 만다.

나긋나긋한 이 향기는 분명히 봄의 회포려니, 손을 꼽아 내가 기다리던 그 봄이려니, 그리고 나는 아직도 이 병석을 걷지 못했다. 갑작스레 치미는 울적한 심사를 어찌해볼 길이 없어, 장막을 가리고 이불 속으로 꿈실꿈실 기어든다. 아무것도 보고 싶지가 않다. 나는 홀로 어둠 속에 이렇게 들어앉아 아무것도 보지 않으리라. 이를 악물고 한평생의 햇빛과 굳게 작별한다.

그러나 동무가 찾아와 부를 때는 일어나지 않을 수도 없는 것이다. 다시 꿈에서 기어 나오면 그새 하루는 다 가고, 전등까지 불이 켜졌다. 나는 고개를 떨어뜨리고 묵묵히 앉아 있다. 참으로 나는 이 동무를 쳐다볼 만한 면목이 없다. 그는 나를 일으켜주고서, 그의 가진바 모든 혈성을 다했다. 그리고 이따금씩 이렇게 들여다보는 것이다. 아, 아, 이놈의 병이 왜 이리 끄느냐. 좀처럼 나가는가 싶지 않으매, 그의 속인들 오죽이나 답답한 것인가.

그는 오늘도 찌뿌듯한 내 얼굴을 보고 실망한 모양이다. 딱한 낯으로 이윽히 나를 바라보다

"올해는 철이 한 달이나 이르군요."

그리고 그 말이 봄 오길 그렇게 기다리더니 어떻게 되었느냐고, 오늘은 완전히 봄인데

"어떻게 좀 나가보실 생각이 없습니까?"

여기에 나는 뭐라고 대답해야 옳겠는가. 쓴 입맛만 다시고 우두커니 앉았다 겨우 입을 연 것이 "나는 나가려는데 내보내줘야지요" 하고, 불현듯 내솟느니 눈물이다.

– 《여성》, 1937년 4월

일기

아아, 나는 영광이다. 영광이다. 오늘 학교에서 '호강나게'(투포환)를 하며 신체를 단련했다. 그런데 나도 모르는 사이에 호강이 내 가슴 위에 와서 떨어졌다.

잠깐 아찔했다. 그러나 그것뿐으로 나는 쇳덩이로 가슴을 맞았는데도 아무렇지도 않았다. 내 몸은 아버님의 피요, 어머님의 살이요, 우리 조상의 뼈다. 나는 건강하다. 호강으로 가슴을 맞고도 아무렇지 않다. 아아, 영광이다. 영광이다.

– 《문장》 1939년 10월에 사후 발표

김유정,
묻고 답하다

김유정 문답

Q: 새로운 문학은 무엇을 목표로 할 것인가?

A: 우리의 정조. 이 시대의 풍상을 족히 그리되 혈맥이 통해 제물로는 능히 기동할 수 있는 그런 성격을 착천하는 곳에 우리의 숙제가 놓여 있는 듯도 하오니 우선 그 무엇보다도 우리의 정조와 교배할지니 제일아즉 품불족이라면 그 전통으로 하여금 망신을 시키기에 수유의 주저이나마 지닐 수 있을 만치 그만치라도 예의를 찾는 것이 곧 우리의 급무라 하겠나이다.

신인의 직언

Q: 무슨 현상에 당선된 적이 있습니까?

A: 재작년 조선일보 현상문예에 입선한 일이 있었습니다.

Q: 그때의 감정은?

A: 상금을 다달이 한 번씩 주었으면 참으로 좋겠다고 생각했습니다.

Q: 그 후 자기 작품의 소신은 어떠했나요?

A: 졸작에 관해서는 한평생 자신을 가져보지 못하고 죽을 듯 싶습니다. 하나를 쓰고 나서 속을 졸이고 둘을 쓰고 나서 애를 태웁니다.

문화 문답

Q: 조선 문화에 관한 서적을 몇 권이나 가지셨습니까?

A: 별로 없습니다.

Q: 조선 고적지 중 가보신 곳은?

A: 개성 선죽교가 기억에 떠오릅니다.

Q: 세계 역사상 어느 시대, 어느 민족의 문화가 훌륭하다 보십니까?

A: 아직은 없는 듯합니다. 허나 앞으로 장차 러시아에 우리 인류를 위해 크게 공헌 될 훌륭한 문화가 건설되리라 생각합니다.

Q: 조선에 새 문화를 건설할 방법은?

A: 조금씩 허식을 벗어나 건실한 방법을 취해야겠지요.

취미 문답

Q: 실내를 어떻게 장식하셨습니까?

A: 장마통에 스며든 빗물이 환을 친 데다가 요즘에는 거미줄
이 선까지 둘렀습니다.

Q: 화초분은 무엇을 두셨습니까?

A: 개나리, 목단.

Q: 취미는 무엇입니까?

A: 담배 피우는 것.

Q: 한 달에 영화 구경은 몇 번이나 가십니까?

A: 명작이 나와야 어쩌다 한 번 갑니다.

Q: 무슨 음악을 좋아하십니까?

A: 육자배기 같은 건 자다 들어도 싫지 않습니다.

도세 문답

Q: 좌우명이 무엇입니까?

A: 자신에게 늘 이르되 다 살고 나서 부끄럼이 없으라고.

Q: 돈 모으실 생각은 없으십니까?

A: 별로 없습니다.

Q: 생사를 함께할 만한 친구가 있습니까?

A: 친한 친구가 있지요.

Q: 선생은 세상에 무엇을 남기고 가시렵니까?

A: 글쎄요, 생각은 간절합니다마는 암만해도 결핵균 외에 남을 것이 없는 듯합니다.

Q: 아주 조선을 떠나버리고 싶지는 않습니까?

A: 한 시간에도 몇 번을 떠났다 되돌아오고 또 떠나고 이럽니다.

생활 문답

Q: 결혼하고 싶은 현실적인 이성은 어떤 이입니까?

A: 한번 보지 않으면 알 수 없습니다. 처방서와는 질이 다르니까요.

Q: 자녀에게 무엇을 가르치고 싶습니까?

A: 울지 않도록 가르치고 싶습니다. 궁상을 떠는 것도 운다 하더군요.

Q: 토산으로 만든 조선 옷을 입으십니까?

A: 네, 늘 조선 옷을 입습니다.

Q: 조반은 어떻게 잡수십니까?

A: 오늘 아침은 밥을 먹었습니다. 내일 아침에는 옆집에서

죽을 갖다 주기로 되어 있습니다.

유머 문답

Q: 만일 선생에게 백만 원이 생긴다면?

A: 우선 친구들과 술 한 잔 먹고 그다음 계획은 깬 다음에 생각하겠습니다.

Q: 만일 선생에게 큰 배 한 척이 생긴다면?

A: '지중해의 괴화'를 구경하러 떠나겠습니다. '지중해의 괴화'란 어느 친구가 방금 계획 중인 장편소설의 제목입니다.

Q: 만일 종로 네거리가 선생의 사유지라면?

A: 자동차, 전차, 자전차, 마차의 통행을 금지하겠습니다.

Q: 죽어서 다시 무엇으로 태어나고 싶으십니까?

A: 그건 악담이 되기 쉽습니다.

Q: 사흘간 천지가 캄캄해진다면?

A: 등불을 켜 들고 산보를 다니겠습니다.

Q: 인체 중의 하나를 더 가지신다면 무엇을 원하십니까?

A: 폐를 한 네다섯 개 더 갖고 싶습니다.

심경 설문

Q: 3년 전 3월에 선생은 어느 곳에서 무엇을 하셨습니까?

A: 예산 사지에서 금광에 골몰하고 있었습니다.

Q: 3월에 잊지 못할 일은 없으십니까?

A: 왜요, 많습니다. 수없이 많으니 무엇부터 아뢰오리까.

Q: 무슨 꽃을 좋아하십니까?

A: 목단도 좋고, 개나리도 좋고 옥잠화도 좋고.

Q: 매난국죽 중에서 어느 것이 선생의 마음과 같다 생각하십
니까?

A: 그건 참 모르겠습니다.

연애 설문

Q: 애인이 떠날 때 상반신의 한 부분을 떼어두고 간다면 무
엇을 요구하겠습니까?

A: 그까짓 한쪽 무엇에다 씁니까, 같이 따라가겠습니다.

Q: 연애는 할 것입니까? 하지 않을 것입니까?

A: 해서 좋을 사람은 하는 게 좋겠지요. 그리고 하지 않아 마
땅할 분은 하지 않는 게 좋겠습니다.

Q: 여자나 동생이 만일 자유연애를 한다면 어떻게 하시겠습

니까?

A: 저 좋을 대로 하라지요.

Q: 사랑하는 아내가 있는데 아름다운 여성이 연애하자면 어떻게 하시렵니까?

A: 처분이나 바랐지, 난들 어떡하랍니까.

Q: 절해고도에서 친우 두 사람이 단 하나의 이성을 만난다면 어떻게 하시렵니까?

A: 하나 더 생길 때까지 기다릴까요.

독서 설문

Q: 조선 문단의 문학서 중에서 감명 깊게 읽으신 것은?

A: 홍길동전.

Q: 외국 문학 중 감명 깊게 읽으신 것은?

A: 제임스 조이스의 《율리시스》.

Q: 한 달에 독서하시는 페이지 수는?

A: 짐작을 할 수가 없습니다. 망령이 나면 한 삼천여 페이지, 또 망령이 나면 한 페이지도 없습니다.

Q: 장서 중에 보배는 무엇입니까?

A: 더러 있던 걸 돈으로 바꾸었습니다.

인생 설문

Q: 요즘 일상생활 중 보고 들으신 것 중에 감명된 것 하나?

A: 요즘 모르는 분에게서 멀리 편지가 날아왔습니다. 너에게
   는 앞날에 복이 있을 것이니 아예 병구를 슬퍼 말라고요.
   고마워서 눈물이 났습니다.

Q: 누구를 위해 사신다고 생각하십니까?

A: 당분간 저를 위해 살기로 했습니다.

Q: 삶의 기쁨을 통절히 느낀 것은 어떤 때입니까?

A: 별로 없겠지요.

Q: 중병이나 빈곤의 불행에서 얻은 귀하신 체험이 있다면 무
   엇입니까?

A: 세상은 참으로 개명했다고 생각했습니다. 모두들 또릿또
   릿하고 영리합니다.

Q: 건강, 명예, 금전 중 어느 것이 더 좋을까요?

A: 건강이 좋습니다.

공상 설문

Q: 다시 공부하신다면 어느 학문을 하시겠습니까?

A: 그 학비를 가지고 조그맣게 고가를 내겠습니다. 그러니까

상업 공부지요.

Q: 여자가 된다면 무엇부터 하시겠습니까?

A: 너무 활발하지 않도록 조심하겠습니다.

Q: 여행 중에 봉변당한 일은 없습니까?

A: 여행 중만 아니라 일상생활에도 느긋합니다.

Q: 영주지를 택한다면 남쪽? 북쪽?

A: 남쪽도 아니요, 북쪽도 아니요. 그 중턱에서 뿔끈 솟아 창공으로 올라가고 싶습니다.

Q: 세계 일주를 하신다면 어디서 오래 묵고 싶습니까?

A: 스페인, 베니스.

생활 설문

Q: 물가가 오르는데 선생은 이 대책을 어떻게 세웠습니까?

A: 저는 본래 대책이 없는 사람입니다.

Q: 선생 가족은 몇 명이며 생활비는 얼마나 드십니까?

A: 일정한 식구라곤 없고 일정한 생활비라는 것도 없습니다.

Q: 한 달에 외식은 몇 번이나 하십니까?

A: 별로 짐작할 수 없습니다. 대개 점심만은 나와 먹습니다.

Q: 지금껏 잊지 못하는 음식이 있습니까?

A: 여태껏 밥을 잊어본 일이 없습니다.

Q: 가정생활에서 긴급히 고칠 점은 무엇입니까?

A: 밥을 먹지 않고 사는 도리가 없을까요.

연애 설문

Q: 중학생들에게 영화를 보여주자는 것이 옳을까요?

A: 보여주지 않는 것보다 선택을 갖는 것이 옳을 듯합니다.

Q: 선생은 영화에서 얻은 것이 무엇입니까?

A: 현실과 꿈의 연결입니다.

Q: 연극을 보신 일이 있습니까? 그것을 보신 중 감명 깊은 것은?

A: 있습니다. 허나 작은 연극이라 별로 감명이랄 게 없었습니다.

Q: 소설을 몇 편이나 읽으셨습니까?

A: 한 두서너 편 읽었습니다.

Q: 시를 몇 편이나 외우셨습니까?

A: 없습니다.

유머 설문

Q: 선생께서 만일 먹지 않고 살 수 있다면 그 대신으로 무엇을 하시겠습니까?

A: 낮잠을 좀 자겠습니다.

Q: 선생이 만일 날개가 달려 공중을 훨훨 날 수 있다면 어떤 일을 하시겠습니까?

A: 공중에 올라가 그냥 번듯이 누워서 담배를 한 대 피워보겠습니다.

Q: 선생께서 만약 세계를 일주하시고 돌아오신다면 어떤 선물을 가지고 돌아오시겠습니까?

A: 술이나 몇 병 들고 오겠습니다.

Q: 만약에 불사약이 있다면 어떻게 하시겠습니까?

A: 참으로 기쁩니다. 그때는 마음놓고 밤을 새우겠습니다.

Q: 선생은 언제 한 번 도둑맞아본 경험은 없습니까?

A: 여러 번 있습니다.

여행 설문

Q: 여행하실 때 선생은 몇 등 차를 타십니까?

A: 여행이라 할 만한 아무것도 없습니다.

Q: 차 안에서는 무엇을 잡수십니까?

A: 위스키를 마셔보았습니다.

Q: 차 안에서 독서는 하지 않으십니까?

A: 할 적도 있고 하지 않을 적도 있고 합니다.

Q: 차가 속력을 내어 달릴 때 느끼는 일은 없습니까?

A: 내 몸에서 정열을 느낍니다.

Q: 차 안에서 맺은 로맨스는 없습니까?

A: 있습니다.

애정 설문

Q: 친구나 애인에게 배신당한 일이 있습니까?

A: 배신을 당하기 전에 이쪽에서 미리 제독하고 맙니다.

Q: 우정이나 연정 때문에 괴로운 일을 당한 일은 없습니까?

A: 더러 있습니다. 그것이 가끔 무서운 추억을 가져옵니다.

Q: 세상에서 가장 아끼고 사랑하는 게 무엇입니까?

A: 사람의 무서운 정입니다.

Q: 선생의 동창이나 선후배 중에서 가장 먼 곳에 가 있는 분
   이 계십니까?

A: 자세히 알 수 없습니다.

Q: 국제결혼을 어떻게 보십니까?

A: 국제결혼은 하면 좋고 하지 않아도 좋고 그렇습니다.

문인과 우문현답

Q: 장사를 하신다면 무슨 장사를 하시렵니까?

A: 과일 장사를 하겠습니다.

Q: 무인도에 가서 평생을 살게 된다면 무엇을 가지고 가시렵니까?

A: 담배와 술 몇 통을 들고 갈까요.

Q: 선생의 얼굴 중에서 제일 자신 있는 부분은 어디십니까?

A: 건망증에다 거울을 본 지가 오래되어 잘 모르겠습니다.

Q: 또 가장 보기 싫다고 생각되는 데는 없습니까?

A: 그러니까 이것도 모르지요.

Q: 만일 마음대로 할 수 있다면 한평생을 어떻게 살고 싶습니까?

A: 허공에 둥실 높이 떠올라 그곳에서 한평생을 늙어가고 싶습니다.

좌담

Q: 신문에 장편 하나만 발표해도 기성 문인 소리를 듣는 풍
   토에 대하여.

A: 물론 그 질만 좋다면야 단 한 편의 신문소설을 쓰고라도
   문인 대접을 받는 게 옳겠지요. 그러나 우리 문단에서는
   다작이라야 행세하는 그런 경향이 없는 것도 아닙니다.

Q: 문단에 종파가 있어서 집필할 기회가 국한되는 풍토에 대
   하여.

A: 그 동기는 좌우간 결과로 본다면 은연중 파별되어 있는
   감은 없지 않습니다. 이렇게 가다가는 문사라곤 그리 많
   지 않은 우리 문단이니 종말에는 자가일파의 독불장군이
   되지 않을까요.

– 《풍림》, 1936년 12월

벗에게

강노향에게 보내는 편지

　날이 차차 더워집니다. 더워질수록 저는 저 시골이 무한히 그립습니다. 물소리 들리고 온갖 새 지저귀는 저 시골이 그립습니다. 우거진 녹음에 번듯이 누워 한적한 매미의 노래를 귀 담아들으며 먼 푸른 하늘을 이슥히 바라볼 때 저는 가끔 시인이 됩니다.

　아마 이보다 더 큰 행복은 다시없겠지요. 강 형도 한번 시험해보십시오. 그런데 여기에 하나 주의할 것은 창공을 바라보되 임을 대하듯 경건히 할 것입니다. 그래야 비로소 유다른 (다른 것과 두드러지게 다른) 행복과 그 무엇인가 알 수 없는 커다란 진리를 깨달으실 것입니다.

4월 2일 저녁, 영도사에서

－《조광》, 1937년 5월

안회남에게 보내는 편지

필승(휘문고보 동기생인 소설가 안회남의 본명)아.

나는 날로 몸이 꺼진다. 이제는 자리에서 일어나기조차 자유롭지가 못하다. 밤에는 불안증으로 괴로운 시간을 원망하고 누워 있다. 그리고 맹열(猛熱)이다. 아무리 생각해도 딱한 일이다. 이러다가는 안 되겠다. 달리 도리를 차리지 않으면 이 몸을 다시 일으키기 어렵겠다.

필승아.

나는 참말로 일어나고 싶다. 지금 나는 병마와 최후 담판이다. 흥패(興敗)가 이 고비에 달려 있음을 내가 잘 안다. 내게는 돈이 시급히 필요하다. 그 돈이 없는 것이다.

필승아.

내가 돈 백 원을 만들어볼 작정이다. 동무를 사랑하는 마음으로 네가 좀 조력해주기 바란다. 또다시 탐정소설을 번역해

보고 싶다. 그 외에는 다른 길이 없는 것이다. 허니 네가 보던 중 아주 대중화되고 흥미 있는 것으로 한두 권 보내주기 바란다. 그러면 내 50일 이내로 번역해서 네 손으로 가게 해주마. 하거든 네가 극력 주선해 돈으로 바꿔서 보내다오.

필승아.

물론 이것이 무리임을 잘 안다. 무리하면 병을 더친다. 그러나 그 병을 위해 어차피 무리를 하지 않으면 안 되는 내 몸이다. 그 돈이 되면 우선 닭을 한 30마리 고아 먹겠다. 그리고 땅꾼을 들여, 살모사 구렁이를 10여 마리 먹어보겠다. 그래야 내가 다시 살아날 것이다. 그리고 궁둥이가 쏙쏙 돈을 잡아먹는다. 돈, 돈, 슬픈 일이다.

필승아.

나는 지금 막다른 골목에 맞닥뜨렸다. 나로 하여금 네 팔에 의지해 광명을 찾게 해다오.

나는 요즘 가끔 울고 누워 있다. 모두가 답답한 사정이다. 반가운 소식 전해다오. 기다리마.

3월 18일 김유정으로부터

– 1937년 탈고. 《현대문학》 1963년 1월에 사후 발표

문단에 올리는 말씀

　평상 폐결핵으로 무수히 신음하옵다가 이즈막에는 객중(客症, 합병증) 치(痔, 치질)까지 병발하여 장근(將近, 거의) 넉 달 동안을 기거불능으로 되어 있어 온바, 원래 변변치 못하여 호구지방(糊口之方, 입에 풀칠을 할 방책)에 생소한 저의 일이오라 병고와 간군(艱窘, 가난하고 군색함) 양난에 몰려 세궁역진(勢窮力盡, 곤궁한 처지에 빠져 기세가 꺾이고 힘이 다 빠져 꼼짝할 수 없게 됨)한 폐구로 간두에서 진퇴가 아득하옵더니, 천행히도 여러 선생님의 돈후하신 하념(下念, 윗사람의 아랫사람에 대한 염려)과 몇 벗들의 적성(赤誠, 참된 정성)이 있어 재생의 길을 얻었압거늘 그 은혜를 무엇으로 다 말씀 드리올지 감사무지에 황송한 마음 이를 데 없사와 금후로는 명심불망하옵고 다시 앓지 않기로 하겠사오니, 이렇게 문단을 불안스리 만들고 가외 그밖에도 여러 선생님께 심려를 시켜 드린 저의 죄고를 두루두루 해용하여주시길 복망하옵나이다.

병자 10월 31일 김유정 재배

— 《조선문학》, 1937년 1월

유정을 그리며

밥이 사람을 먹다 _ 유정의 궂김을 놓고

> 채만식

    나는 문필의 도술을 부리자는 것이 아니다. '피사'의 사탑이 확실한 과학이요 요술이 아니듯이 이것도 버젓한 '사실'이다. 폐결핵 3기의 골골하던 우리 유정이 죽은 것이 바로 그것이다.

    유정이 병을 초기에 잡도리(잘못되지 않도록 엄하게 다룸)해서 낫지 못하고 더치는 대로 할 수 없이 내맡겨 3기까지 이르게 한 것도 가난한 탓이거니와 다시 그를 불시로 죽게 한 것은 더구나 그렇다.

    폐를 앓던 사람이 좋은 음식을 먹고 좋은 약을 먹으면서 좋은 곳에 누워 몸과 마음을 다 같이 쉬어야 한다는 것은 상식으로 되어 있다.

    우리 유정도 그랬어야 할 것이요, 또 그리하고 싶었을 것이다. 그러나 그는 그와 아주 반대로 영양이 아니 되는 음식을 먹었고 약이라고는 아주 고약한 태전위산을 무시로 푹푹 먹었을 뿐이다. 성한 사람도 병이 날 일이다. 그러면서 그는 소설이라는 것을 썼다. 소설이라는 독약! 어떤 노력보다도 더 많이 몸이 지치는 소설 쓰기. 폐결핵 3기를 앓던 사람이 소설을 쓰다니 의사가 알고 본다면 그 의사가 먼저 기색(氣塞, 심한 충격으로 호흡이 잠시 멎음)할 일이다.

유정도 그것이 얼마나 병에 해로운지야 잘 알고 있었다. 그러면서도 그는 소설을 쓰지 아니하고는 못 했던 것이다. 그것은 창작욕도 아니요 자포자기도 아니었다. 그는 창작욕쯤 일어나더라도 누를 수가 있었고 자포자기는커녕 생면에 대해서 굳센 애착을 자신과 한가지로 가지고 있었다.

유정은 단지 원고료의 수입 때문에 소설을 쓰고 수필을 쓰고 했던 것이다. 원고료! 400자 한 장에 대돈 50전을 받는 원고료를 바라고 그는 피 섞인 침을 뱉어가면서도 아니 쓰지를 못 했던 것이다. 이렇게 해서 쓴 원고의 고료를 받아가지고 그는 밥을 먹었다. 그러다가 유정은 죽었다. 그러나 이것이 어디 사람이 밥을 먹은 것이냐? 버젓하게 밥이 사람을 잡아 먹은 것이지!

도향, 서해, 대섭 다 아깝고 슬픈 죽음들이다. 그러나 유정 같이 불쌍하고 한 사무치는 죽음은 없었다. 유정이야말로 문단의 원통한 희생이다.

지금 조선은 가난하다. 그래서 누구 없이 고생들을 하고 비참히 궂기는(생명이 없어지거나 끊어지는) 사람이 셀 수 없이 많다. 그러나 다 같이 문화의 일부분을 떠맡고 있는 가운데 문단인 같이 고생하는 사람은 없다.

문단인은 '흥보'가 아니다 종족을 표현하는 것은 '나치스 적으로 말고' 예술 그중에도 문학이다. 인류 진화사상 종족 이 별립되어 있는 그날까지는 한 실재요 따라서 표현되어야 할 것이다. 완고한 종족 지상주의자도 귀를 잠깐 빌려 다음 말을 몇 구절 들어라.

폴란드를 지탱한 자 코사크나 정치가가 아니다. 폴란드 말로 된 문학밖에 더 있느냐? 그렇건만 작가는 가난하고 못해 피를 토하고 죽지 아니하느냐!

아무리 빈약하더라도 지금 조선의 작가들이 일조에 붓을 꺾고 문학을 버린다면 조선이 적막한 품이야 인구의 반을 줄인 것보다 더하리라는 것을 생각인들 하는 자 있는가 싶지 아니하다.

제2의 유정은 누구이며 제3의 유정은 누구랴? 이름은 나서지 아니해도 시방 착착 준비는 되어 가리라! 밥이 사람을 먹으려고.

- 《백광》, 1937년 5월

유정과 나

> 채만식

굳긴 유정을 울면서 나는 그를 부러워한다.

내가 개벽사의 일을 보고 있을 때인데 작품으로 먼저 유정을 알았고 대하기는 그 뒤 안회남 군에게서 얼굴만 본 것이 처음이다.

그날 안 군을 찾아가 한담을 하느라니까 생김새며 옷 입음새며 순박해 보이는 젊은 사람 하나가 안 군한테 농지거리를 하면서 떠들고 들어오더니 내가 있는 것을 보고 시무룩하기는 해도 기색이 좋지 않은 게 어쩌면 텃세를 하는 눈치 같았다. 그가 유정이었다.

그러나 실상인즉 유정은 내 얼굴을 알았고 그런데 마침 술이 거나한 판에 허물없는 안 군만 여겨 터덜거리고 들어오다가 초면 인사도 미처 하지 못한 명색이 선배인 내가 있으니까 제딴에는 무렴(無廉, 염치가 없다고 느껴 어색하고 겸연쩍음)도 하고 그래 조심을 한다는 것이 신경 애브노멀(abnormal. 정상에서 벗어남)한 나한테 그러한 인상을 주었던 것이라고 그 뒤 안 군에게 이야기를 들었다.

과연 그 뒤에 새잡이(어떤 일을 처음부터 다시 새로 시작함)로 인사를 하고 한 번 만나 두 번 만나 하려니까 세상에 법 없이도 살 사람은 유정이라고 나는 절절히 느꼈다. 공순하되 허식이 아니요 다정하되 그냥 정이요 유정에게 어디 교만이 있으리오. 그는 진실로 톨스토이(유정의 마지막 일작 〈따라지〉의 등장인물로 누이에게 얹혀살며 글을 쓰는 무기력한 존재)였다.

나는 유정의 작품들을 존경은 아니 했어도 사랑은 했다. (그것이 도리어 내게는 기쁜 일이었다.) 그러나 인간 유정은 더 사랑했다. 아니 사랑하고 싶었지만 하지 못했고 하지 못한 것은 내가 인간으로 유정만 '성(誠)' 하지 못한 때문이다.

나는 서울을 떠나서야 비로소 병든 유정을 찾았다. 나는 내가 무정했음을 뉘우치고 그에게 빌었다. 병 치료에 대해서 구체적으로 유리하고 비용도 절약되는 방법이 있기에 알려주었더니 그는 바로 회답을 해주었다. 꼭 그렇게 해보겠노라고 그리고 기어코 병을 정복하겠노라고 약속해주었다.

유정은 아깝게 그리고 불쌍하게 궂겼다. 나 같은 명색 없는 문단꾼이면 여남은 갖다 주고 도로 물러오고 싶다.

－《조광》, 1937년 5월

유정과 나

> 박태원

　내가 유정과 처음으로 한 것은 그가 그의 제2작 〈총각과 맹꽁이〉를 발표한 바로 그 뒤의 일이다. 그러니까 1933년 가을이나 겨울이 아니었던가 싶다.

　하룻밤, 그는 회남과 함께 다옥정으로 나를 찾아왔다. 그때 그들은 미취(微醉, 술이 조금 취함)를 띠고 있었다. 그래, 우리가 초면 인사를 할 때 그가 술 냄새가 날 것을 두려워해서 손으로 입을 거의 가리고 말하던 것을 지금도 기억하고 있다.

　이를테면, 그러한 것에도 유정의 성격은 그대로 드러나 있었다. 그는 그만큼이나 남을 대하기 어려워하고 조심스러워했다. 그러나 그것은 그의 타고난 성격만은 아닌 듯싶다. 그는 불행에 익숙했고, 늘 몸에 돈을 지니지 못했으므로 어느 틈엔가 남에 대하여 스스로 떳떳하지 못한 사람이 되었던 것인지도 모른다.

우리는 한동안 '낙랑'에서 곧잘 차를 같이 마셨다. 그리고 세 시간씩 네 시간씩 잡담을 나누었다. 그는 분명히 다섯 시간이고 여섯 시간이고 그곳에 더 있고 싶었음에도 문득 내게 이렇게 말하곤 했다.

"박 형, 그만 나가실까요?"

그래, 나와서 광교에까지 이르면

"그럼, 인제 집으로 가겠습니다. 또 뵙죠."

그리고 그는 종로 쪽으로 향했다. 그러나 대부분 얼마 동안 망설이다가 다시 한 바퀴를 휘돌아 '낙랑'을 찾는 것이었다. 나중에라도 그것을 알고 그를 책망하면 그는 호젓하게 웃으며 이렇게 말했다.

"하지만 박 형은 너무 지루하시지 않아요?"

유정은 술을 잘했다. 그의 병에 술이 크게 해로울 것은 새삼스레 말할 것도 없다. 그러나 그 생활이 외롭고 또 슬펐던 유정은 기회만 있으면 거의 술에 취했다.

언제나 가난한 그는 또 곧잘 밤을 새워가며 원고를 쓴다.

"김 형, 돈도 돈이지만 몸을 아끼셔야지요. 그렇게 무리를 하면……"

우리는 그런 말을 하는 것이었으나, 그는 몸을 아끼기 전에 우선 그만큼이나 몇 원의 돈이 긴요했던 것이다.

　그런 유정에게 나는 결코 좋은 벗이 아니었다. 벗이라고 하기조차 죄스럽게 그에게 충실하지 못했다. 그런 내가 이미 그가 없는 지금에 이르러 영영 아내조차 모르고 가버린 그를, 좀 더 큰 작품을 남길 새도 없이 가버린 그를 애달파하더라도 그에게는 오히려 가소로운 일이 아닌 것이냐.

– 《조광》, 1937년 5월

유정과 나

> 이석훈

탕! 소리 뒤 수 초 동안 여름밤 하늘에 한순간 찬란한 생명을 자랑하고 꺼지는 '불꽃', 유정의 일생은 그것과도 같은 감을 준다. 유정은 문자 그대로 혜성처럼 문단에 나타났다가 꺼졌다.

그 출현이 장하고 감도 또한 '화화(花火, 이글이글 타오르는 불)'적이다. 언젠가 어떤 석상에서 여운형 선생이 큰 소리로 역설한바 찬란한 저녁노을 같은 '영광스러운 죽음'을 나는 유정 군의 최후에서 본다. 죽음의 최종의 일순까지 창작의 붓을 들고 그 악전고투한 장한 유정! 배수의 진을 치고 최후의 피 한 방울까지 싸움에 바친 스파르타의 용사적인 비장하고 영광스러운 최후다.

여기서 나는 김 군의 죽음을 찬송하려는 것은 아니나, 군의 부보(訃報, 상을 당한 사람이 죽은 이의 연고자들에게 알리는 서신)를 앞에 놓고 이 글을 쓰기 좋이 부끄러운 생각이 든다. 유정이 죽기 전에 아니 군이 설마 그렇게도 빨리 죽음을 재촉할 줄은 꿈엔들 생각하지 않은 바라 1년여를 두고 부대껴 오는 나의 신변 사건이 안정되면 그동안 소홀했던 우정을 진사코자 했더니, 이제는 모든 것이 허사요, 영원히 갚을 길이 없이 되었다. 사실 지난 1년 동안 서울에서는 어떤 사건 때문에 심지어 방 선생에게까지 걱정을 끼치며 쩔쩔매느라고 눈코 뜰 새 없다가 반자포 자기적으로 서울로부터 '도망' 한 것이었다. 그 때문에 서울 친구들에게 몰인정한 자로 책망을 듣는 것도 당연한 귀결이지만, 내 편에서 보면 우정에 충실할 수 없었을 만큼 정신상의 타격을 받은 액년이었던 것이다.

나는 아직도 마음의 고통을 깨끗이 정산하지 못하고 있는 터에 지금 뜻밖에 군의 부보를 받으니 정말 몇천 길 함정 속으로 떨어지는 듯한 아득한 느낌을 금할 수 없다.

군과 옅지 않은 교우는 어언 6, 7개 성상(星霜, '햇수'를 비유적으로 이르는 말), 1931년 신춘에 나 자신 편집의 한 몫을 보고 있던 《제일선》지에 가작 〈산골 나그네〉를 발표한 군은 이미 문단에 데뷔한 셈이었다. 그러나 구안지대(具眼之大, 큰 인물을 알아보는 안목과 식견)가 적고 포용성이 적은 문단은 군을 알아주지 않았다. 그래서 2, 3년 동안은 불우했다. 그 사이 회남과 더불어 그를 출세하게 하려고 다소의 노력을 취한 것은 우정의 당연한 소위나 군과 관련한 회상 중의 가장 유쾌한 기억의 하나다.

이 2, 3년 내 군의 천분(天分)의 당연한 소치인 혜성적 출현은 지금 생각하면 죽음을 재촉하는 정력의 소비였다. 동경이나 구미 문단 같으면 그만한 신진 작가이면 당당히 생활의 유족을 꾀할 수 있을 것인데, 불행히 이 땅에서는 다만 빈궁과 냉시만이 초연히 존재할 뿐이었다. 이것이 유정 한 사람의 일 같지 않아서 더 한층 뼈저린 비애를 금치 못하며 암연해지는 것이다.

유정의 죽음은 값있고 귀중한 죽음이다! 나로서는 좋은 문우의 한 사람을 잃었을 뿐만 아니라 조선은 재주 있는 젊은이를 또 하나 잃었으니 참으로 애석한 일이다.

– 《조광》, 1937년 5월.

유정 군과 엽서

> 박태원

작년 5월 하순의 일이었던가 싶다. 당시 나는 몸이 성치 않은 아내를 위해 잠시 성북동 미륵당에 방 하나를 빌렸다. 옹색하기는 지금이나 그때나 마찬가지여서 나는 모처럼 문밖에 나간 몸으로도 한가로울 수 없이 쌀과 나무를 얻기 위해 밤낮을 도와 《천변풍경》 제1회분을 초했다.

원고를 가지고 문안으로 들어와 조선일보사 앞에 이르렀을 때 나는 뜻하지 않게 회남과 유정 두 분을 그곳에서 만났다.

"아, 박 형, 안녕하셨어요?"

인사할 때 얼굴에 진정 반가운 빛이 넘치고, 이를테면 '수줍음'을 품은 젊은 여인과 같이 약간 몸을 꼬기까지 하는 것이 지금도 적력(的歷, 또렷또렷하여 분명함)하게 내 망막 위에 남아 있는 유정의 인상 중 하나다.

우리는 참말 그때 만난 지 오래였다. 그러나 그들에게는 동행이 또 한 분 있었고, 나는 나대로 바빴으므로 잠시 길 위에 선 채 몇 마디 나누고는 그대로 헤어졌다.

그러한 뒤 며칠 지나 일찍이 내게 서신을 보낸 일이 없는 유정에게서 다음과 같은 엽서가 왔다.

날사이 안녕하십니까.

박 형! 혹시 요즘 우울하시지 않으십니까. 조선일보사 앞에서 뵈었을 때 형은 마치 딱한 생각을 하는 사람의 풍모였습니다. 물론 저의 어리석은 생각에 지나지 않으나 만의 하나라도 그럴 리가 없기를 바랍니다.

제가 생각건대 형은 그렇게 크게 우울하실 필요는 없을 듯싶습니다. 만일 저에게 형이 지니신 그것과 같이 재질이 있고 명망이 있고 전도가 있고 그리고 건강이 있다면 얼마나 행복일는지요. 오뉴월 호에서 형의 창작을 보지 못함은 너무나 섭섭한 일입니다. 〈거리〉, 〈악마〉의 그다음을 기다립니다.

김유정 재배

그날의 나는 그가 지적한 바와 같이 우울한 얼굴을 하고 있었을지도 모른다. 제작 후의 피로가 있었고 또 그 작품은 청탁을 받은 원고가 아니었으므로 그날 즉시 고료를 받아 오는 것에 성공할지 못 할지 그러한 것이 마음에 걱정이었다.

그러나 나의 요만한 '우울'이 유정의 마음을 그만큼이나 애달프게 한 것은 나로서 이를테면 하나의 죄악이다. 물론 나는 그가 말한 바와 같이 뛰어난 재질이 있지도 못하고, 명망이 있는 것도 아니며, 또한 전도가 가히 양양하다고 할 것도 못 된다. 그러나 무엇보다도 '건강'이, 그가 항상 그렇게나 바라고 부러워해 마지않은 '건강'이 내게는 없다고 그는 생각한 것이 아닌가. 나는 허약하고 또 위장에는 병까지 가지고 있는 몸이다. 그의 눈으로 볼 때 그것은 혹은 부러워하기에 속한 것이었을지도 모른다. 그러한 내가 그만큼이나 행복된 내가 그에게 우울한 얼굴을 보였다는 것이 그로서는 괘씸하기조차 했을지도 모른다.

내가 유정의 부고를 받았을 때 가장 먼저 머리에 떠오른 것이 이때의 일이었다.

만만하게 지낼 곳도 없이, 늘 빈곤에 쪼들리며, 눈을 들어 앞길을 바랄 때 오직 어둠만을 보았을 유정. 한 편의 작품을 낼 때마다 작가적 명성을 더해 가고 온 문단의 명을 한 몸에 받고 있었을 그였으나, 그러한 것으로 그는 마음에 '밝음'을 가질 수 있었을까. 그러나 그가 병든 자리에서 신음하면서도 작가적 충동에서보다는 좀 더 현실적 욕구로 인해 잡지사가 요구하는 대로 창작을, 수필, 잡문을 써온 것을 생각하면 우리의 마음은 어둡다.

그의 병은 물론 그리 쉽사리 고칠 수 있는 것은 아니었으나 경제적 여유가 만약 그에게 있었다면 삼십이란 나이로 세상을 버리지 않아도 좋았을 것이다. 병도 병이려니와 그를 그렇게 요절하게 한 것은 이를테면 그의 한 '가난'이었다.

그가 죽기 수일 전에 약을 구할 돈을 만들기 위해 가장 흥미 있는 외국 탐정소설이라도 번역해보겠다고 하던 말을 전해들은 것은 그의 부음을 받은 것과 동시의 일이다. 그가 목숨이 다하는 자리에서까지 그렇게도 돈으로 인해 머리를 괴롭힌 것을 생각하면, 얼마나 문인의 생활이 괴로운 것인지 충분히 짐작할 수 있다.

– 《백광》, 1937년 5월

유정의 영전에 바치는 최후의 고백

> 이석훈

유정과 교우 6, 7개 성상, 초로 같은 인생이더라니 그야말로 꿈결 같다.

처음 회남의 소개로 군을 알자, 나는 곧 군의 소박하고 순후한 인간미에 반했고, 다음, 채만식, 안회남과 함께 편집을 맡아보던 개벽사의 《제일선》지에 회남을 통해 투고한 〈산골나그네〉를 활자화하기 전에 읽고 군의 문학적 소질에 반해버렸다. 본래 유정을 가장 잘 이해하고 있던 회남이, 기회 있을 적마다 나더러 입에 침을 발라 가며 유정을 추찬해 마지않았는데, 사실 나 역시 이 한 편을 읽은 뒤부터 회남과 같이 유정 추찬 병에 걸리고 만 것이다. 과연 〈산골 나그네〉에서 보이는 고운 시정과 어휘 풍부한 간결한 문장, 비범한 인간적

통찰, 득묘한 수법 등에 나는 무던히 탄복했던 것을 지금껏 잊지 않는다. '예이츠'나 '싱그'의 애란(아일랜드) 문학을 읽은 듯한 신선하고 심각한 감명이, 그 후 불변하지 않는 유정에의 애착과 우정을 맺어준 것이다. 그때의 감상을 솔직하게 군더러 말했더니 대단히 기뻐하면서도 그저 부끄러울 뿐이라고 겸손하는 것이었다. 겸양은 군의 천부의 미덕이었다.

군은 대단한 침묵가였다. 그러면서도 점점 친해지자 자기의 흉중을 솔직하게 고백하기를 꺼리지 않았다. 나의 졸작 〈이주민 열차〉에 대해서도 그 결점과 장처를 말하고 그것을 읽고 나를 좋아하게 되었다고 했다. 또 〈애증〉을 읽고, 그 수법을 추구하라고 몇 번이나 격려해주기도 했다. 또 군은 문단에서의 목표가 이태준 씨였는지, 혹은 평가들이 많이 떠들기 때문에 그의 작품을 더 주의를 했는지는 모르되, 가끔 흥분한 어조로 그것을 뭘 잘했다고들 야단이야 제길! 이렇게 코웃음칠 때도 있었다. 이태준이도 무서울 것 없다 이런 기세가 그 말 속에 엿보였다. 연전 《조광》에 이 씨의 〈까마귀〉가 발표되자 몇몇 평가가 호평을 했을 때도 유정은 역시 흥분한 어조로 비난하는 것이었다. 사랑하는 폐환자를 위해서 활로 까마

귀를 쏜다는 등의 이야기는 먼 고대소설과 다름이 없는 통속소설적이다. 현실성 그것도 고대소설적 현실성은 있지만 '금일의 문학'이 요구하는 현대성은 없다. 이런 것이 무슨 현대소설이냐, 그 점을 똑바로 지적하는 평가는 슬프게도 우리 문단에는 한 사람도 없구려. 유정의 비난은 대략 이런 내용이었다. 나는 이 씨의 〈까마귀〉를 읽어보지 않았으므로 잘 알 수 없지만 군의 논리는 정당하다고 동감한 것이었다. 사실, 우리 문단에는 존경할 만한 구안(具眼, 사물의 가치를 잘 분별하는 안목과 식견이 있음)의 평가가 심히 드물다. 얼마 전에 최재서 씨 한 분이 겨우 리얼리티에서 한 걸음 나아가 현대성 모더니티를 금일의 문학에서 요구한 것을 논했을 뿐이었다. 유정의 비평의 안식은 제로라고 뽐내는 여러 비평가보다 몇 걸음 앞섰던 것이다.

이와 같이 유정은 항상 어디서나 조용한 어조를 잃지 않으면서도 나와 단둘이 이야기할 때는 가끔 흥분한 어조로 남의 작품을 비평하곤 했다. 그러나 군의 이러한 비평은 대개 이태준 씨에 한했던 것을 보면 문단에서는 이 씨를 제일 관심하고 있었던 듯하다.

이 2, 3년래, 지금 생각하면 요절하려고 그랬는지 모르나, 군의 활약은 혜성적이었다. 그러나 〈산골 나그네〉 등을 발표한 뒤 2, 3년은 군의 존재는 신인으로도 취급되지 않았을 만큼 불우해, 회남과 더불어 군의 작품을 여기저기 발표하게 하려고 원고를 옆에 끼고 다니며 암약한 일도 있었다. 어떤 편집자는 작품은 읽지도 않고 덮어놓고 신인이 되어 좀체 지면의 여유가 없다고 발표해주기를 꺼렸다. 주요섭 씨도 신동아에 있을 때 군의 〈흙을 등지고〉라는 작품을 가져다 맡겼더니 5, 6개월이 되도록 내어주지를 않기에, 나는 약간 속으로 분개해서 전화를 걸고 돌려 달라고 해서 보니까, 표지에다 영자로 '좋다'라고 주서는 해놓았다. 유정도 적지 않게 낙망했다. 그래 나는 잠자코 우울해 앉아 있는 유정을 보고 새삼스레 현상 응모도 쑥스런 짓이지만 할 수 없으니 거래도 해보자 권했다. 결국 톡톡히 화풀이를 할 셈으로 조선, 중앙, 동아세 신문에 모두 응보를 하기로 했다. 전기 〈흙을 등지고〉는 짤막하게 줄여서 조선일보에 보냈는데 혹 〈따라지〉였던 듯도 하다. 틀림없이 1등으로 뽑혀 〈소낙비〉라 개제되어 발표되었고, 다른 두 신문에도 모두 입선이 되어 겨우 문단의 주목을 이끌게 된 것이었다. 이것이 불과 2년 전의 일이다. 이래 유정은 그동안 써 두었던 작품을 '저널리즘'의 요구에 응해 속속 발표하는 한편 열심히 정진한 것이었다. 군의 6, 7년간의 소업(所業)은 양으로도 결코 적은 것이 아니지만 질에 있어서는 평범한 작가의 20, 30년의 소업, 아니 그 이상의 가치를 주장할는지도 모른다. 앞으로 군이 30년만 더 살아주었던들! 슬픈 일이다.

유정은 그렇게 많은 작품을 발표하면서도 생활은 극도로 빈궁했다. 본래 수천 석 하는 강원도 춘천 지방의 토호의 차남인 군은 조금도 빈고란 것은 모르고 자란 것이다. 그러나 겨우 철들기 시작했을까 말까 했을 때 몰락의 비애를 경험하고, 이래 6, 7년간 생활의 근거를 잃고 방랑하다가 문단에 활약하게 되었으나 너무나 많은 노력에 비해 들어오는 것이 적었다. 작년 봄, 내가 서울 있을 때, 군은 나한테 놀러 오기만 하면 입버릇처럼 직업을 구해달라는 청을 진지한 표정으로 되풀이하곤 했다. 그래 여기저기 수소문하다가 도염정에 있는 어떤 사립학교에 교원 자리가 하나 나서 알아봤더니 월급이 20원이랴! 한다. 거기 교직자 보고 훌륭한 신진 소설가인데 50원만 내라고 졸랐더니 두 눈이 휘둥그레지며 행랑방 자식들의 핏돈 거두어서 하는 학원인데 그걸 몇몇이서 나눠 먹는다는 기막힌 사정이었다. 좌우간 유정을 만나서 거래도 해보겠느냐 했더니 이야기를 듣고 난 뒤 거 어디 비참해서 하겠소, 병이나 더치겠소, 이러면서 쓸쓸히 웃다가 쿨럭쿨럭하는 것이었다. 얼마 후 내 아내가 다니다가 맹장염으로 퇴직한 계동 모 사립학교에 말했더니 거기서는 또 훈도 자격이 있어야 한다는 것이었다. 이밖에도 몇 군데 알아봤지만 죄다 틀려졌다. 직업과는 원수의 팔자인 걸요 제길 유정은 이렇게 중얼거린 다음 영영 나더러 구직 타령을 하지 않았다. 내가 농담 삼아서 유정을 부잣집 사위로 중매해야 할 텐데, 하면 빙그레 웃으며 정말 하나 구해보수 내 덕입죠 했다. 겉으로는 웃음의 말에 지나지 않았지만 기실 나는 혼자 궁리로 정말 그런 자리가 없을까, 유정의 병은 돈이 없이는 못 고칠 텐데 한 것이었다. 결국 이도 저도 안 되어, 졸아들기만 하는 건강을 미천으로 그저 부지런히 원고나 많이 쓰라고 권하는 수밖에 도리가 없었다. 그래 하루는 방송국으로 놀러 온 유정을 데리고 밖에 나와, 광화문통 어떤 음식점으로 가서 우선 《신동아》 편집자 이무영 씨를 전화로 불러내다가 점심을 한턱 쓰며 유정을 소개했다. 무영, 유정의 작품 좀 실어주시오 했더니 무영은 어떻게 생각했음인지 딴전만 하고 "예스, 오어, 노"를 대답하지 않았다. 그 후 오늘날까지 유정의 작품을 《신동아》에서는 볼 수 없었다. 나는 공연히 내 면목뿐만 아니라 유정의 면목까지 상하게 한 듯해서 불쾌하고 또 내심 일종의 반발심, 적개심까지 느꼈던 것이다. 물론 유정의 글이라고 모든 잡지에서 다 실리란 법은 없지만 모처럼 청했던 것이 통하지 않음에 대한 불쾌였으며, 경멸 되는 듯한 데 대한 반발적 적개심이었던 것이다. 유정 군 지신도 적지 않게 자존심을 상한 양 여러 번 웅절거리는 것을 들었다. 그러나 무영이여! 지난날 그 한 때에 그랬을 뿐, 지금은 아무렇지도 않으니 조금도 거슬리게 생각하지 말라!

유정에게 꼭 한 번 섭섭하게 생각한 일이 있었다. 군이 평소 나에게 진심을 허했고 나 역시 군을 위해 진심으로 애쓰던 터에 '구인회'에 가입할 때 나더러 일언반구의 이야기도 없었다. 우리는 별개의 모임을 같이하자는 이야기가 있던 차다. 더군다나 군은 '구인회'의 누구누구를 인간적으로나 예술에 있어서까지 공격하기를 주저하지 않았던 것이다. 첫째로 나는 군에게서 우정의 배반을 당하는 것 같아서 섭섭했고,

둘째로는 군의 행위가 위선적으로 보이어 불쾌감을 느꼈다. 그러나 군은 상당히 폐환이 깊었으므로 '환자이니' 하는 관용한 마음으로 아무 말도 하지 않았다. 아무 말도 말자니 속으로 더욱 거북했다. 군이 '구인회'에 가입한 이래 내 태도에 혹 변화가 있었다고 만일 느껴졌다고 하면 그것은 전혀 군에 대한 우정과 신뢰에 한때 환멸을 느꼈기 때문임을 군의 영전에 최후로 고백한다. 더구나 나는 일신상의 모종의 사건으로 인해 서울을 도망해 오다시피 떠나왔다. 차려야 할 인사도 차리지 못하고 벗이고 뭐고, 극히 가까운 사람에게까지도 실례를 범했다. 나의 정신상의 반자폭 자기적 반점이 태양에 흑점처럼 좀먹고 있었던 까닭이다.

유정의 병이 나아 다시 문단에 화려한 활약을 전개해주기를 나는 속으로 기원하고 있었고 또 내가 상처만 쾌유하면 유정을 찾아 모든 것을 고백하고 나의 소원함을 사과하려 했던 것이다. 이것이 거짓 없는 양심적 충정이다! 그러나 이미 때는 늦었다. 모든 것이 허사다. 군을 위해 공연한 사람을 원망했던 일도, 이도 저도 다! 이미 과거지사요 허무지사다! 그러나 다만 군의 혜성적 소업 군의 문단적 출세를 위해 벗의 한 사람으로 다소간의 수고를 취할 수 있었던 것은 군과 관련해 가장 유쾌한 추억의 하나다.

심훈이 죽고, 운정이 가고, 또 이제 반년도 못 되어 유정이 사라지다. 이딴 가난하고 냉혹한 문단은 너무나 무자비하게도 문학 지사를 쉬이 죽이는구나! 그러나 존귀한 죽음! 영광스런 죽음이다! 친애하는 유정! 기리 잘 가거라!

- 《백광》, 1937년 5월

작가 유정론 _ 그 1주기를 당하여

> 안회남

유정이 일찍 잡담 끝에 "인류의 역사는 애(愛)의 투쟁"이라고 말했습니다. 지금 그의 소상(小祥)을 당해 작가 유정의 생애를 회고하며 이 말을 생각하게 될 때 이것은 그대로 그의 자신에 완전히 들어맞는 것이 아닌가 합니다.

항상 가난하고 텅 빈 자기 생활을 그는 사랑하는 정열을 가지고 화려하게 장식하려 했던 것입니다. 그렇기 때문에 그에게는 아직 나이 어린 시절의 옛날부터 별세하던 마지막 날까지 그 대상으로서 언제든지 연애하는 여성이 없었습니다.

그러나 그것은 동무로서 방관하고 제삼자의 입장에서 비판해본다면 참 너무도 딱하고 불행한 것들뿐이었습니다. 그에게 있어서는 정히 투쟁이었고 피 흘리는 싸움이었습니다.

그러면 유정은 이겼는가 졌는가, 내 생각으로는 이러한 경우에 있어서 연애에 실패하는 것이, 즉 싸움의 패전을 의미하는 것이라고 믿지 않습니다. 그는 사랑에는 성공하지 못했으나 투쟁에는 이겼다고 봅니다.

그것은 유정이 언제든지 연애를 획득하려 하는 행동보다 연애를 창조하려는 정열이 앞섰기 때문입니다. 그가 한 번 실연하면 거기에는 반드시 사람의 가슴을 치고 감격시키는 비장한 실연의 걸작품이 창작되는 것이었습니다.

생각하면 그의 말한바 애의 투쟁의 전적은 나로 하여금 머리를 숙이게 합니다. 아무 이기와 공명도 없이 빤히 가능하지 못하고 실패할 것을 알면서도 그는 실행했습니다. 그것은 자기의 양심에조차 추호라도 사실을 은폐하거나 기만하려 하지 않는 노력이 무엇보다도 컸기 까닭이었습니다. 그것은 흡사히 무서워하지 않고 십자가에 못 박히려는 심정이었습니다.

시종(始終)이 여일(如一)하게 그는 이토록 경건하고 비세속적이었으며 그의 정신적 유혈은 온 생활을 청정하게 씻고도 오히려 남음이 있어 또한 허무하고 빈약한 그의 삶을 스스로 의의 있게 채색했다고 생각합니다.

'단테'는 '베아트리체'의 외쪽사랑에서 중세기 암흑시대의 일대 광휘인 《신곡》을 생산했거니와 우리의 요절한 작가 유정에게도 이러한 면영(面影)이 있어 그의 생애와 작품은 진실과 정열로 가득 차 있는 것입니다. 그에게 풍족한 생활과 행복 된 연애가 있지 못했던 것은 인간 유정을 위해 몹시 아픈 일이고, 그런 가운데에서 걷어지는 수확을 보지 못했음도 아쉬운 일이로되 그가 그렇게 빨리 가지만 않았어도 우리는 얼마든지 보다 더 위대한 문학을 그에게 기대해 보람이 있었을 것이라고 압니다. 이러한 의미에서 사랑의 보수는 사랑한다는 마음과 태도 그 자체라고 누가 말했지만, 유정의 생애가 이것을 실증하고 잘 교훈하고 있는 것입니다. 시인 '테니슨'은 연애하다가 실패하는 것은 당초부터 연애하지 않은 것보다 훨씬 훌륭한 것이라고 했으며 어떠한 사람은 실연은 오히려 연애에 성공하는 것보다도 나은 것이라고 극언했습니다.

이 말의 정곡은 여기서 따질 바 아니나 여하간 유정은 불행한 연애 속에서 늘 그것을 헛되이 하지 않고 거룩하며 신비한 자양으로 섭취하여 스스로 연애의 고귀한 보수를 받아서는 그것을 오로지 문학의 세계로 흡수한 것입니다.

〈소낙비〉 1등을 가지고 눈부시게 문단에 등장하여 작년 3월 28일 그가 영면한 날까지 3년 내외의 세월을 유정은 말할 수 없이 비참했고 작가 유정은 말할 수 없이 찬란했습니다.

부모도 가정도 없이 병마에 신음하는 그를 위해 전 문단인이 총출동으로 연복(捐福)하는 금전을 모아본 것도 우리에게는 처음 있는 일이었으며, 그만치 짧은 시일에 장편소설 한 개, 중편 한 개 및 30여 편을 산(算)하는 단편소설을 내어 질적으로는 물론 양적으로도 그렇게 우리를 경탄하게 한 것도 그가 비로소 처음이었습니다.

유정은 언제든지 가난하고 병고에 시달렸으며 언제든지 한 여성을 숭배하고 연모했으며 언제든지 문학을 생각하고 소설을 제작했던 것입니다. 그의 생활이 빈한하면 할수록, 공허하면 할수록 그는 더욱더 순결한 정열로 사랑의 투쟁을 계속했고 그의 연애가 불행하면 할수록, 비장하면 할수록 더욱더 그의 싸움의 열혈은 문학으로 주입되었나니 유정은 실연하고 불행한 덕택으로 오히려 그토록 훌륭한 작가가 되었다고 말해도 그것이 그냥 역설로만 들리지 않는 것입니다.

그러나 애의 투쟁이 원동력이 되어 그의 문학의 투쟁을 유도했으나 그것이 작품의 재료로 직접 사용되는 법은 퍽 적었습니다.

다시 말하면 그의 작품 속에는 자기 자신을 이야기한 소위 신변소설이 거의 없다는 것인데, 그의 생애가 그렇게 주관적 색채로 농후한데도 불구하고 그의 예술은 아주 완전히 객관

화된 것을 의미하는 것으로 유정이 대단 우수한 작가의 소질을 가졌다는 것을 가장 잘 표명해주는 사실입니다. 당최 조그마한 세계에 구애되지 않고 얼마든지 넓고 길게 굴신할 역량 아래에서 된 것으로 인간적으로는 그렇게 '센티멘탈' 하고 '로맨틱' 하면서도 작가적으로는 전연 상이한 성격을 나타내어 어디까지든지 '와일드' 하고 호흡이 억센 것입니다.

처녀작 〈산골 나그네〉나 당선작 〈소낙비〉나 금번 《현대조선문학전집》 속에 수록된 〈봄봄〉, 〈총각과 맹꽁이〉 등등 어느 것을 잡아보나 크고 당당하고 야성적입니다. 생각건대 조선의 향토색과 민속을 제멋대로 가장 잘 표현한 작가가 그였으며 이 땅의 언어와 문장이 가지는 고유한 전통에다 제일 곱고 멋진 재주를 부려 완성한 문인이 유정입니다.

그는 한때 순진 후박한 소년이 인생의 초년병으로 어지간한 신고(辛苦)를 겪은 다음 아주 삶에 대한 회의파로 전락한 시대를 겪었습니다. 그때 그는 자기의 고향인 강원도 산골에 들어가 산중의 초부들과 '들병이' 라는 이를테면 조선의 '집시' 를 따라다니며 막걸리나 마시고 그들의 노래나 배워 부르고 하며 그러한 풍습에 철저하게 젖었습니다.

원래가 그의 성격은 조선 정조(情調)에 예민한 인물이지만

이 시절에 그냥 흠뻑 그의 작품에 그려진 것 같은 세계에 침투하고 그들의 생활과 심리를 잘 관찰하게 되었을 것이라고 생각합니다. 사실 그의 모든 작품은 도회인으로서는 상상도 할 수 없는 진기한 이야기와 특이한 분위기로 가득해 있는 것입니다. 아마 '들병이'라는 부녀들의 생활과 풍속이 소개된 것도 유정의 작품이 효시일 것이며 '들병이'라는 한 개의 단어가 말의 상식으로 우리 문단에 널리 전파된 것까지가 유정의 작품에서 비롯된 것이라고 생각합니다.

그는 병상에 누워 신음하는 몸이면서도 쉬지 않고 싸웠습니다. 우리의 눈에는 동정할 만한 인간 유정보다도 오직 작가 유정이 찬란한 것이나 당자 유정에게 있어서는 문학적 성공을 기뻐하게 될 보다 아마 인간적으로 자기가 당하는 비애가 더욱더 애끊게 아팠던 모양입니다.

너무나 약하고 너무나 쪼들려서 항상 슬픈 비극에 사로잡혀 있는 몸이었기 때문에 자기의 인격으로서 훌륭함과 생활상으로 지극히 청순함과 문학적으로 광채 있는 것을 스스로 조금밖에는 인식하지 못하고 늘 자기의 하잘것없는 꼴만이 마음에 걸렸던 성싶습니다. 그래서 싸우고 노력해 아름다운 유혈로 그것을 장식해놓으면 놓을수록 그 정신적이요, 비물

질적인 것이 더욱 보잘것없고 텅 빈 것만 같아서 초조했던 것입니다.

나중에 그는 흡사 물에 빠진 사람이 지푸라기라도 붙잡으려고 하는 따위의 심정을 갖게도 된 것이 아닌가 합니다. 말하자면 그것은 단판씨름이었습니다. 그의 생전에서도 이러한 기적을 희구했던 몇 가지 예를 들 수 있지만 그의 예술에 있어서도 가령 생명까지를 돌보지 않고 죽기 얼마 전까지 역작을 계속 발표해온 것 역시 허둥지둥해 어떻게 하면 삶의 무상함과 생의 공허함을 막아볼까 하는 안타까운 행동이었던 것이라고 봅니다.

이때에 와서 유정에게는 자기 자신에게 무슨 이익 되는 것을 찾는 것보다 사람으로서 가치가 있느냐 없느냐 하는 문제가 일층 절실하게 되었던 것입니다. 즉 행복스러운 인생보다도 나는 인제 절망이요, 그것을 바랄 수 없으니 그저 의의 있는 인생을 발견하리라는 태도였던 것입니다.

그러나 초조한 그에게는 이러한 것까지 그리 탐탁하게 여겨지지 않은 모양이었습니다. 유정이 세상을 떠나기 조금 앞서서 문병을 갔더니 그의 책상 위에는 '겸허'라는 두 글자가 커다랗게 씌어서 붙어 있었습니다. 모든 것을 욕망했던 인간이 아무것도 얻지 못했을 때의 일일 것입니다. 오직 절망이요, 그냥 허무한 그 속에 귀의하겠다는 무저항의 한 개 종교의 세계였으며 진실하고 착한 사람만이 도달하는 최후의 가장 깨끗하고 거룩한 경지일 것입니다.

이러한 사람이 참 인간이고 이 같은 인물이 단 한 개의 소설을 썼어도 그가 정말 예술가입니다. 나는 그때 아무 말도 않고 그 '겸허' 두 글자를 바라다보고 앉았으나 속으로는 유정을 불쌍히 여기고 존경했던 것입니다.

– 《조선일보》, 1938년 3월 29~31일

유정의 면모 편편

> 이석훈

유정이 죽은 지도 어언 3년이 된다. 3년이나 되건만 죽어가
는 유정을 한 번도 들여다보지 못한 나의 태정(怠情, 몹시 나태함)
에 대한 참회가 그를 생각할 적마다 마음 아프게 한다. 유정
이 병상에서 괴로운 마지막 숨을 거두며 얼마나 나를 원망했
으랴? 그러나 그는 나에게 편지할 적마다 병이 위중하다든가
죽게 되었다는가 하는 말은 한마디도 하지 않았다. 나에게 그
런 하소연을 한들 소용이 없다 했음인지 혹은 죽음을 각오하
고 이미 죽는 이상에는 태연히 죽으리라 동무에게 '폐' 끼치
지 않고 깨끗이 죽으리라 하는지도 알 수 없다. 고결하고 순
진하고 겸허한 인간 유정이었으므로 아마 그랬으리라는 것
은 상상하기 어렵지 않다. 그것이 유정의 생각이었다 하더라
도 나는 나로서 우정을 기울였어야 했거늘 그가 병상에서 기

동하지 못하게 된 뒤로 나는 한 번도 그의 병상을 찾지 못했다. 그때 바로 어떤 사건으로 나 자신 위기에 직면해 있어서 나 이외의 것을 생각할 여유가 없었다고 유정의 연전에 변명한대도 내 한은 씻어질 것 같지 않다.

유정이 살았을 때 일을 이것저것 회상해본다.

그때 나와 유정은 사직동 한구석에서 앞뒷집에 살고 있었다. 유정의 누님은 바로 내가 살고 있는 집 뒤에 조그만 기와집 한 채를 살고 있었는데 그 집에 유정은 기류(寄留, 객지나 남의 집에서 한동안 머물러 삶)하고 있었다. 매부 되는 이는 충청도 땅에 금광을 하러 가고 없고 그의 누님 혼자만 살고 있었다. 내가 보기에 생활이 그리 유족(裕足, 여유 있고 풍족함)하지 못한 것 같았다. 혹 군의 매부 되는 이가 작은집이라도 하고 있어서 큰댁은 살뜰하게 돌보지 않았는지도 모른다. 나는 그 매부란 이를 본 적이 없다. 유정은 본디 입이 무거운 사람이므로 이러한 내정(內情)까지는 토파(吐破, 마음에 품었던 것을 죄다 드러내어 말함)하지 않았지만 내게는 그렇게밖에 생각되지 않았다. 유정도 한때는 매부의 광산에 금(金) 잡으러 가 있었다.

나는 저녁을 먹은 뒤 개천 골목을 지나 그의 집을 찾는 것이 예(例)가 되어 있었다. 그도 가끔 우리 집에 왔다. 유정이 있는 방은 키 낮은 대문 옆 마루 건넛방인데 서편으로 개폐할 수 없는 작은 영창이 있었고 두꺼운 조선종이로 봉해 두었다. 나는 '씨 자'를 붙여

"유정 씨이!"

찾을라치면

"네, 어서 오십쇼."

유정의 심중한 목소리가 창고 안에서 들려오듯이 그 조선종이의 적은 영창을 통해 온다. 또 어떤 때 유정이 없을 때는 유정의 우울을 띤 커다란 눈과 똑같은 눈을 가진 누님이 웃음은 벌써 잊었다는 양 한 핏기 없이 창백하고 싸늘한 얼굴을 대문 틈으로 엿보이며

"밖에 나갔습니다."

말 적게 대답한다. 흰 편이 많으면서도 소 눈처럼 검은 인상을 주는 커다란 눈으로 나를 힐끗 쳐다보고 무표정하다. 나는 더 말해볼 용기를 잃고 말없이 돌아서 온다. 결코 불친절하거나 귀찮게 여기는 빛은 없었으나 어딘지 쓸쓸한 인생의 중하(重荷, 무거운 짐이나 임무)에 이지러져서 모든 기쁨을 잃은 듯한 하염없는 표정을 나는 지금껏 잊을 수 없다.

유정이 다니기 어려워함을 보다 못해 나는 하루는 그에게 용처 벌이로 우선 '하모니카' 방송을 권했다. 그때 나는 방송국에 있으면서 연예의 1부와 어린이 시간을 맡아보고 있었으므로 그렇게 권한 것이다. 유정이 '하모니카'의 명수였던 것은 세상에 별로 알려지지 않았으나 그는 중학교 시절에 수년간이나 '하모니카' 공부에 힘써 남의 지도도 받고 '레코드'로도 열심히 배웠다는 것이다. 그래서 상당히 본격적으로 웬만한 곡은 단번에 불어 치웠다.

내 권유에 대해 유정은 숨이 차서(그때 이미 폐환이 시작된 것이다) 독주는 하지 못하겠으니 나와 둘이서 이중주를 하자는 것이었다. 그래 어디 그럼 연습해보자 하고 내가 베이스를 불기로 하여 하모니카를 산다(그에게는 낡은 것이 있었다) 악보를 구해 온다 야단이었다. 어떤 날 저녁 그 조그만 영창이 서쪽으로 향한 어둠침침한 방에서 이중주 연습을 시작했다. 〈키스메트〉니 〈오리엔탈 댄스〉니 〈아틀르의 여자〉니 헨델의 〈라르고〉니 하여튼 꽤 어려운 곡들을 골라서 이것저것 불어본다. 그러나 나는 중학 시절에 조금 불다 놓은 지 오래여서 단 두 절을 정확하게 따라갈 수 없고 유정은 숨이 차서 쩔쩔맨다. 이래서 '하모니카' 이중주는 방송까지 이르지 못하고

팽개쳐버리고 말았다. '하모니카' 명수 유정의 이름도 결국 세상에 드러나지 못하고 만 셈이다. 이번에 방향을 돌려 역시 용처 벌이나 될까 해서 어린이 시간에 이야기 방송을 시켰다. 이야기 방송만은 선선히 응낙했다. 입이 무겁고 말더듬인 유정이 '마이크' 앞에 앉더니 아주 능청스럽게 잘한다. 야담이나 고담식이어서 나는 방송실을 벌겋게 상기되어 나오는 그를 보고 이번에는 야담을 청해야겠어 하고 둘이 껄껄 웃었다. 이야기 방송도 가명으로 하기 때문에 유정의 화술이 얼마나 능하다는 것도 드러나지 않고 말았다.

그는 위에서도 말하거니와 여느 때는 대단히 입이 무겁고 말더듬이지만 방송을 할 때와 술 먹은 뒤 술좌석에서는 아주 능변이요 달변이었다. 시골 오입쟁이(술 먹으면 시골 오입쟁이적 풍모로 변한다)적 어조로 가끔 내지어를 섞어가며 좌석을 번쩍 들었다 놓는다. 단 누가 대구를 해줘야 말이지 나처럼 술 먹을 줄 모르는 사람과 단둘이서는 역시 말이 없다. 유정을 떠들게 하는 좋은 상대자는 회남이요 지금 미국 유학 중인 상엽이다. 상엽은 주사가 있어서 유정과 처음 인사한 그 자리에서 이놈 저놈 하고 떠들다가 나중에는 "너 같은 놈과

는 절교다" 하는 바람에 유정이 잠시 어리둥절하다가

"임마(유정은 술을 마시면 늘 이렇게 말한다), 어째서 절교냐?"

대든다. 그러나 번듯번듯 웃는 얼굴이다. 우뚝하고 크게 잘생긴 코끝을 번듯번듯 움직인다. 당나귀를 연상케 한다. 우리 성미 같으면 농의 말이라도

"절교하고 싶으면 하려마 새끼!"

이러고 말 텐데 유정은 끝까지 겸허한 호인이었다.

한 번은 유정, 회남, 상엽, 그리고 나 넷이서 화신 뒤 선술집에 가서 잔뜩들 취해가지고 나올 때 딴 손님의 우산을 들고 나왔다. 술 먹으면 망나니가 되는 상엽이(제 것인 줄 잘못 알았는지 장난으로 그랬는지 모르나) 들고나온 것이었다. 화신골목까지 이르렀을 때 젊은이 5, 6명이 와르르 따라 나오며 그것을 구실로 싸움을 건다. 나는 워낙 사교성 없는 성격이라 이거 또 '미식축구 시합'을 아닌 밤중에 하게 되는가 보다 하고 뒤에서 구두끈을 얼른 단단히 매고 형세를 보고 섰노라니까 '시골 오입쟁이' 유정이 쑥 나서며, "노형들!" 어쩌고저쩌고 그럴듯한 수작으로 우산을 돌려주고 험악한 판국을 얼

버무려서 무사하게 되었다. 술 먹으면 능변이 되는 유정의 덕택으로 창피를 면한 것이었다.

벚꽃이 피었다 질 무렵인데 유정은 낡은 검정 솜 주의(周衣, 두루마기)를 입고 낡아빠진 소프트(부드러운 중절모)를 뒤 꼭대기에 붙이고 방송국으로 찾아왔다. 며칠째 두고 만나면 걱정으로 이야기하는 그의 취직 토론이 또 벌어졌다. 내가 이번에는 모처에 말해보자 하니 그는 번듯번듯 웃으면서 "자 그럼 내 운수점이나 한번 쳐봅시다" 그러더니 10전 백동화 한 푼을 꺼냈다. 던져서 '10전'이라 쓴 쪽이 나타나면 되고 그 반대면 안 되는 것으로 작정하고 유정은 그 10전짜리를 방 안 높이 던졌다. 돈은 뱅글뱅글 공중에서 돌면서 올라 솟았다가 바닥에 달랑 떨어져서 한구석으로 굴러가 머물렀다. 얼른 주워 보니 '10전' 쪽이 위였다.

"됐다."

유정도

"어 취직이 되는가 보다."

그러면서 우리 둘은 한참 동안 껄껄 웃었다.

그러나 이 돈점(동전 따위를 던져서 길흉을 알아보는 점)도 맞지 않았다. 유정은 원고벌이에 나머지 정력마저 소모해버리고 그해 겨울 드디어 죽음의 길을 재촉하고 있었던 것이다.

이런 일 저런 일이 어제처럼 생각되나 유정은 이미 간 지 3년이나 되고 나는 부질없는 추억의 글을 여기 되풀이하고 있다. 유정의 죽은 영혼이나마 위로할 수 있을는지.

- 《조광》, 1939년 12월

인격적으로 점잖은 무게 '드레'

드레북스는 가치를 존중하고 책의 품격을 생각합니다